novum pro

D1935426

Dirk Meunier

Mein Leben im Maghreb

Hetero-Homoerotische und andere Erlebnisse

novum pro

Bibliografische Information
der Deutschen Nationalbibliothek:

Die Deutsche Nationalbibliothek
verzeichnet diese Publikation in
der Deutschen Nationalbibliografie.
Detaillierte bibliografische Daten
sind im Internet über
http://www.d-nb.de abrufbar.

ISBN 978-3-99038-223-3
Lektorat: Dr. phil. Ursula Schneider
Umschlagfotos: Dirk Meunier,
Rcaucino | Dreamstime.com
Umschlaggestaltung, Layout & Satz:
novum publishing gmbh

Gedruckt in der Europäischen Union
auf umweltfreundlichem, chlor- und
säurefrei gebleichtem Papier.

www.novumverlag.com

Vorwort

Nach der Frühverrentung habe ich mit meinem Lebenspartner ca. zehn Jahre in Nordafrika gelebt.

Erzählen möchte ich, warum unser Weg dorthin geführt hat und was wir dort erlebt haben.

Den Unterschied der Kulturen und der Mentalität versuche ich zu erklären. Die Doppelmoral treibt dort besonders große Blüten. Es ist vieles möglich, solange es nicht ans Tageslicht kommt.

Es ist vielleicht wenig bekannt, dass die Männer im sog. Maghreb stark bisexuell veranlagt sind. Es erinnert mich daran, wie es ähnlich im antiken Griechenland gewesen sein muss. Ich spreche über Dinge, die ein normaler Tourist sonst nie erfährt, aber ich will auch aufklärend wirken. Sexuelle Kontakte zwischen Männern sind normal, solange nicht darüber geredet wird. Besonders für die Unverheirateten ist das gang und gäbe. Mir wurde von vertrauten einheimischen Personen berichtet, dass sich verheiratete Männer gern einen Jungen halten für schöne Stunden, wenn sie es sich leisten können. Aber sie treffen auch gern Touristen, von denen sie sich bezahlen lassen, um ihr Budget aufzubessern. Bei den Kontakten zwischen Nordafrikanern und Europäern ist fast immer Geld im Spiel oder etwas Ähnliches, wovon sie sich Vorteile erhoffen. Deshalb ist auch immer eine gewisse Vorsicht geboten. Es kommen durch sexuelle Kontakte immer wieder Touristen zu Schaden und bezahlen oftmals auch mit dem Leben. Davon ist leider in den deutschen Medien nie etwas zu lesen oder zu hören.

Welche Rolle die Religion dabei spielt, hat sich mir nicht erschlossen. Aber es kann wohl kein Zufall sein, dass gerade in den islamischen Ländern die Männer einen Hang zum eigenen Geschlecht haben. Ein Grund ist vermutlich der, das die Frauen jungfräulich in die Ehe gehen müssen. Man behilft sich vielfach dann mit Anal- und Oralverkehr, damit gilt die Frau bis zur Hochzeit als unberührt. Da die meisten Menschen von Natur aus nicht genau festgelegt sind, nur mit dem anderen Geschlecht nähere Kontakte zu haben, spielt es offensichtlich für viele Männer keine Rolle, ob sie mit einer Frau oder einem Mann Sex haben. Über die Scheinheiligkeit und die Doppelmoral der Gesellschaften und Religionen, in diesem Fall über den Islam, möchte ich aber nicht urteilen. Alle Geschichten sind wahr. Es wurde nichts erfunden oder hinzugefügt. Da die meisten der vorkommenden Personen noch leben, wurden die Namen und Orte teilweise verändert.

Die Worte von Thomas Mann von 1930, der selbst viele Jahre im Maghreb gelebt hat, haben heute immer noch Gültigkeit, nämlich:

Ich lebe in einem ständigen Dunstkreis von

Lügen und Wahnfantasien

völlig berauscht von der billigen Romantik des Maghreb!

Im Hotel

Die Geschichte, die hier erzählt wird, begann am Ende der 90er-Jahre. Das Leben mit Georg war, wie in einer Hetero-Ehe auch, manchmal etwas langweilig. Nun verwirklichen schwule Männer gern das, was Hetero-Männer sich vermutlich nicht trauen. Das Leben zwischen Mann und Frau ist wohl etwas anders, weil Frauen in einer anderen Gefühlswelt leben. So beschlossen wir, auf zu neuen Ufern zu starten, denn wir wussten, in Nordafrika gab es viele Männer, denen es egal war, ob sie Sex mit einem Mann machten oder mit einer Frau. Erste Erfahrungen hatten wir bereits in Marokko gemacht und uns entschieden, wieder einmal nach Tunesien zu fahren, wo wir schon in den Jahren davor waren.

Also wurden zwei Wochen Hotelaufenthalt gebucht. Der Empfang war freundlich. Unsere Erwartungen wurden weit übertroffen. Die Männer hier sind wirklich schöner als in Deutschland. Für Kontakte sorgen schon die Tunesier, aber wohin kann man sich zurückziehen? Hotel geht nicht, das ist verboten. Die lassen keine Einheimischen rein und wissen wohl auch genau, warum. So wurde aus den ersten Urlauben nur Besichtigungsprogramm von stattlichen Männern und römischen Ruinen. Von beiden gibt es reichlich. Aber dann kam uns die Idee, man könnte doch zusätzlich zum Hotel ein Appartement anmieten. Die findet man in Port Marina genug und die sind auch bezahlbar. Einige Monate später, im nächsten Urlaub, setzten wir unseren Plan in die Tat um. Abends in der Hotelhalle gesellten sich schnell einige junge Burschen an den Tisch. Sie scheinen zu spüren, bei wem sie landen können. Es geht ja nicht nur allein um Sex, sondern auch ums Überleben. Arbeit gibt es nur selten. So versucht man, sein Budget ein wenig aufzubessern, indem man Touristen anmacht. An diesem Abend sitzen wir mit mehreren zusammen und machen die Erfahrung, dass hier die Uhren etwas anders ticken. Plötzlich betreten zwei Männer die Hotelhalle. Sie steuern auf unseren Tisch zu, machen eine Handbewegung, was mitkommen bedeutet. Ausgerechnet zu Semi, mit dem ich schon handelseinig war. Wir wussten natürlich nicht so genau, was da ablief. Aber Ithep klärte uns auf. „Das ist die Zivil-Polizei, die kontrolliert gern die Jungs, die mit Touristen an einem Tisch sitzen." Er meinte, na, mit dem braucht ihr heute nicht mehr zu rechnen, nehmt doch mich. Die Idee fand ich gar nicht so schlecht, zumal Ithep sehr ansehnlich war und wir uns in Englisch verständigen konnten, was nicht selbstverständlich ist. Außer Arabisch, der Landessprache, spricht fast jeder Französisch, nur das können wir eben nicht.

Es war noch nicht sehr spät und so beschlossen wir, nach Port Marina zu fahren und einige Stunden in unserem Appartement zusammen mit Ithep zu verbringen. Hier nennt man das Menage à trois. Ithep war ein guter Liebhaber und mit seinen 29 Jahren ein Profi. Mit seinem übergroßen Gerät wusste er gut umzugehen und es war klar, dass wir ihn gern noch öfter treffen wollten.

So vergingen wieder einige Tage im Hotel. Am Abend saßen wir wieder in der Hotelhalle, wo sich gleich wieder zwei wirklich noch sehr junge Burschen zu uns gesellten. Nun muss man sagen, Georg und ich bevorzugen etwas ältere Männer, nicht unter 25, wenn es geht, über 30 Jahre. Diese beiden waren vielleicht 17 oder 18 Jahre und uns eher unsympathisch. Aber jedes Hotel hat eine Sécurité und so wurde der Wachmann aufmerksam und scheuchte die Jungs weg. Er setzte sich zu uns und begann ein Gespräch auf Deutsch. Wie immer geht es darum, woher kommt ihr, wie lange bleibt ihr, seid ihr allein oder mit Frau? Wenn das geklärt ist, kann man ja deutlicher werden. So wurde ich dann auf die Herrentoilette gelotst. Ali machte mir unmissverständlich klar, dass er mit mir auf der Toilette Sex machen wolle. Dazu hatte ich allerdings keine Lust. So meinte er, er hätte auch Schlüssel für das gesamte Hotel. Wir könnten auch woanders hingehen.

Ich machte ihm den Vorschlag, dass wir in unser Appartement gehen könnten. Schließlich wollte ich Georg ja auch nicht allein im Hotel sitzen lassen. Ali war sofort begeistert. Allerdings mussten wir noch eine Stunde warten, denn dann hatte er frei. Also in das Taxi geschwungen und ab nach Port Marina. Dieses Mal hatten wir einen kräftigen Kerl im Bett. Eine richtige Augenweide, alles am Körper stimmte und so ging es wieder zur Sache. Ali hielten wir das Fläschchen Poppers unter die Nase. Er kannte das zwar nicht, zog dennoch ein paar Mal kräftig hoch. Die Wirkung setzte auch gleich ein. Er meinte: „Muss ich jetzt sterben?" Wir konnten ihn beruhigen. Natürlich ist er nicht gestorben.

In den nächsten Jahren waren wir noch mehrfach in Sousse oder Port Marina. Von nennenswerten Erlebnissen gibt es nichts zu berichten, außer dass wir einen jungen Burschen kennenlernten, der sich Loubiri nannte. Ich glaube, er hieß anders, denn Tunesier, die mit Touristen gehen, geben sich oftmals Fantasienamen. Loubiri sprach fließend Deutsch. Er erzählte uns, dass er mit einer Frau aus Berlin-Marzahn verheiratet sei. Sein Onkel lebe auch in Berlin, der hätte die Heirat vermittelt, damit Loubiri eine Aufenthaltsgenehmigung bekäme. Er erzählte uns aber, dass er schwul sei und immer Ausreden gebraucht hätte, um nicht mit seiner Frau schlafen zu müssen. Er war kein besonders guter Liebhaber, sodass wir es bei dem einen Mal beließen. Später sah ich ihn noch mehrfach. Es wurde erzählt, dass er in Berlin mit Drogen gehandelt hätte, im Gefängnis gewesen wäre und anschließend ausgewiesen worden sei. Einreise vorläufig in die EU unmöglich.

Tabarka

Zwischenzeitlich sind wir auch in Tabarka gewesen, weshalb wir uns entschlossen, ein weiteres Mal diesen schönen Ort zu besuchen. Der Ferienort Tabarka liegt im Norden, unweit der algerischen Grenze, und unterscheidet sich komplett vom Rest des Landes. Dort kann man in den Bergen wandern und natürlich am Strand entspannen. Auch hier wird man natürlich von jungen Männern angemacht. Das einzige Erlebnis, was zu erwähnen wäre, ist, dass wir uns einen Mietwagen für zwei Wochen gemietet hatten. Touristen mit einem Auto erregen besonderes Interesse. So lernten wir dann auch schnell Einheimische kennen, die darauf spekulierten, von uns zum bevorstehenden Feiertag aufs Land gefahren zu werden. Abends trafen wir uns in der Hotelbar. Alle waren sehr freundlich. Der Kellner meinte, er würde die Getränke an der Theke notieren. So weit, so gut. Doch allmählich wurde mir die Sache unheimlich, denn ich bemerkte, dass jeder einheimische Gast dem Kellner einen Wink gab, der dann vermutlich alles auf unsere Rechnung schrieb. So verlangte ich eine Zwischenrechnung und kam aus dem Staunen nicht mehr heraus. Sollte ich doch schon 95 Dinare bezahlen und hatte gerade 3 Bier getrunken. Allmählich wurde mir klar, wozu wir gebraucht wurden, nämlich zum Bezahlen und Chauffieren. So ist uns Tabarka nicht in guter Erinnerung geblieben, jedenfalls was die Männer betrifft.

Tunis Capitale

Zurück in Deutschland haben wir sogleich eine Woche Tunis gebucht, um uns einmal in der Hauptstadt umzusehen. Tunis ist schließlich die größte Stadt im Lande, weshalb unsere Erwartungen auch besonders groß waren. Das Hotel war schnell gefunden, ein wunderschöner Bau aus der französischen Kolonialzeit. In der Hotelbar, die vom Hotel nur über die Straße zu erreichen war, begann wieder das Flirten mit den Männern. Das ist eine Erfahrung, die man wohl nur in arabischen Ländern machen kann. Ein Lächeln oder ein Augenzwinkern, das genügt und man weiß Bescheid.

Jedenfalls machten wir noch einen kleinen Spaziergang auf dem Boulevard Habib Bourgiba. Es dauert gar nicht lange, schon ein „Hallo, wie geht's?" Alles auf Deutsch? Woher wissen die, woher wir kommen? Ganz einfach, die meisten Touristen sind Deutsche und Engländer und man versucht es erst einmal in der Sprache, die man am besten kann. In diesem Fall war das Deutsch. Wir wollten die zwei jungen Männer gern auf ein Bier einladen. Es war aber Freitag, der islamische Feiertag. Alkohol gibt es dann für Einheimische nicht, außer im Hotel. Unsere Begleiter hatten aber eine Lösung parat. Wir gingen schräg über die Straße und steuerten auf ein Lokal zu, das völlig im Dunkeln lag, also geschlossen. Aber denkste, Brian klopfte kräftig an das Fenster und im hinteren Bereich öffnete sich eine Tür. Es folgte ein wenig Blabla auf Arabisch und wir wurden durch das dunkle Lokal in einen hinteren Raum geführt. Wir trauten unseren Augen nicht. Gerammelt voll mit Männern, die dort palaverten und viel Bier tranken. Ob Allah hier nicht hingucken kann, ging es mir durch den Kopf. Aber egal, allein hätten wir das hier nie gefunden. So verbrachten wir einen netten Abend zusammen und waren uns schon einig, dass wir zusammen in unser Hotel gehen würden. Brian hatte sich schon mit Georg arrangiert. Ich war nicht böse, denn der andere war ein Traummann, wie aus dem Mode-Journal entsprungen. Reden konnte ich mit ihm nicht, aber das war mir auch egal, ein solcher Kerl war mir nie zuvor begegnet. So vereinbarten wir, dass wir den beiden 30 Dinare für ein Hotelzimmer geben und sie sich dort einmieten. Man könnte dann ja von einem Zimmer zum anderen springen. Nur waren wir zu der Zeit noch etwas naiv. Wir gaben ihnen das Geld und gingen schon mal vor ins Hotel. Verabredet waren wir auf der Hotel-Terrasse, von der man auch die Straße gut beobachten konnte. Auf der Terrasse angekommen, bestellten wir uns ein Bier und warteten. Wir blickten auf die Straße, auch dort tat sich nichts. Irgendwann wurde uns klar, Brian und sein Freund hatten wohl gedacht, der Spatz in der Hand sei besser als die Taube auf dem Dach. So waren die beiden auf Nimmerwiedersehen verschwunden und wir mussten allein schlafen und konnten nur noch von schönen Männern träumen.

Sousse – La Marina

Nach diesen eher negativen Erfahrungen entschieden wir uns, doch wieder nach Sousse zu fahren und im Jachthafen La Marina ein Appartement zu mieten. In Port Marina kann man abends gut essen, aber Nachtleben gibt es dort nicht. Also mit dem Taxi auf nach Sousse in die Diskothek. Nicht in irgendeine, denn inzwischen hatten wir herausgefunden, dass für uns die Disco im Hotel Karamel am geeignetsten ist. Dort lernten wir Chaker und Khaled kennen. Zwei Freunde, die gern Bekanntschaft mit uns machen wollten. Ich habe mich dann für Chaker und Georg für Khaled entschieden. Die beiden hatten zwei Wochen ein sorgenloses Leben, denn man muss wissen, Arbeit gibt es nicht für alle. Da nützt noch nicht einmal eine gute Schulbildung. Wer keine Verbindungen hat, der fällt in ein schwarzes Loch. Korruption wird großgeschrieben, aber dazu komme ich später. Die beiden wollten uns unbedingt so schnell wie möglich wiedersehen.

Da wir uns vom Arbeitsmarkt verabschiedet hatten und in die Frührente gegangen waren, hatten wir natürlich viel Zeit. So wurde gleich der nächste Urlaub geplant. Chaker meinte, er kenne eine Familie, die uns für einige Wochen eine Wohnung vermieten würde. Wir könnten dort zu viert leben. Der Plan gefiel uns, denn in unserem Alter hat man es gern schon einmal etwas gemütlicher. Wir bezogen dann eine 5-Zimmer-Wohnung in der 1. Etage mit großem Balkon. Es wurden Ausflüge mit dem Mietwagen gemacht, den Chaker unbedingt fahren wollte, und abends wurde gekocht. Bei der Auto-Vermietung müssen alle Namen der Personen eingetragen werden, die den Wagen fahren. Als der Vermieter erfuhr, dass ein Tunesier den Wagen fahren sollte, war er nicht sehr begeistert. Na ja, Chaker fuhr wie der Teufel, immer viel zu dicht auf. Ich habe mehrfach im Geiste mein Testament gemacht, passiert ist zum Glück nichts.

Landausflug

Chaker wollte unbedingt mit uns zu seiner Familie in die Kampagne fahren. Seine Eltern hatten dort einen Bauernhof außerhalb der Stadt, südlich von Kairouan, der heiligen Stadt. Das interessierte uns natürlich sehr. Hatten wir doch noch nie richtigen Kontakt zu einer einheimischen Familie gehabt. Unterwegs wurde Rast eingelegt in einem kleinen Restaurant an der Landstraße. Unsere beiden Freunde fingen an zu tuscheln und lachten. Des Rätsels Lösung: Die beiden hatten sich je einen halben Schafskopf bestellt und wussten natürlich, dass wir uns vor so etwas ekeln würden. Aber gerade deshalb haben sie das Hirn und die Augen genussvoll verspeist, nicht ohne uns aufzufordern, einmal zu probieren. Das kann man aber mit einem Trick ganz einfach umgehen. Ich sagte: Okay, ich probiere das, wenn du heute Abend von meinem Schweinefleisch probierst. Damit war der Fall erledigt, denn für die meisten ist Schweinefleisch schlimmer als die Pest.

Inzwischen waren wir auf dem Anwesen angekommen und wurden gleich von der ganzen Familie freundlich empfangen. Nur die Mutter, sie trug die ländliche Tracht der Berberfrauen, hielt sich zurück und blieb vorerst noch im Haus. Chakers zwei Schwestern, sein Bruder sowie sein Vater waren sehr freundlich. Chaker zeigte uns auf dem Hof ein Haus im Rohbau, das für ihn sein sollte. Er meinte, er könne dort dann mit mir zusammenleben. Nur, das Haus war ja noch nicht fertig und ich ahnte schon, wer bezahlen sollte. An tunesischem Landleben war ich aber auf Dauer nicht interessiert. Und außerdem hätte ich Georg nie allein nach Deutschland zurückfahren lassen. Später erfuhr ich, dass Chaker vor mir bereits mit einem Engländer liiert war, der auch die Bauruine finanziert hatte. Es wurde mir immer klarer, dass wir als Europäer grundsätzlich als sehr reich galten und man davon gern etwas abbekommen wollte. Aus dieser Erfahrung hatte ich aber noch nicht genug gelernt, wie ich später berichten werde.

In der Diskothek

Zurück in Sousse ging es am nächsten Abend zu viert wieder in die Disco. Zu später Stunde entschieden wir uns, mit dem Taxi in unsere Wohnung zu fahren. Nur Khaled hatte noch nicht genug. So vereinbarte er mit Chaker, dass er später nachkomme. Die Nacht verging, Khaled tauchte nicht auf. Er hatte auch keinen Schlüssel für die Wohnung, doch wir hätten ihn gehört, wenn er sich bemerkbar gemacht hätte. Nach dem Frühstück musste Chaker los, um herauszufinden, wo Khaled abgeblieben war. Das dauerte auch nicht lange und Chaker kam mit der Nachricht zurück, dass Khaled in der Disco von der Polizei verhaftet worden sei. Zeugen hätten beobachtet, dass er, betrunken wie er war, randaliert hätte.

Die Polizei ist dann schnell zur Stelle und es geht ab in den Knast, wo man nach dortigem Gesetz bis zu drei Tagen festgehalten werden kann, ohne einem Richter vorgeführt zu werden. Je nachdem, was man angestellt hat, gibt es erst einmal richtig Prügel, wenig zu essen und als schlimmste Strafe keine Zigaretten, die zu den Grundnahrungsmitteln gehören. Georg war richtig sauer. Solche Geschichten waren wir eben nicht gewöhnt.

In den Katakomben

Nach diesem Erlebnis beschlossen wir, mal wieder etwas für die Kultur zu tun. In Sousse und Umgebung kannten wir schon fast alles. Die arabische Altstadt sowie die große Festungsanlage, den Ribat, kannten wir bereits in und auswendig. Da gab es aber noch etwas außerhalb der Stadt, die Katakomben. Wir hatten bereits des Öfteren davon gehört. Diese unterirdische Anlage sollte sich über mehr als 40 Kilometer bis nach Port Marina erstrecken. So hatten wir den nächsten Freitag ausgeguckt und fuhren mit dem Taxi dorthin. Dort angekommen, lösten wir am Eingang zwei Eintrittskarten und gingen voller Spannung hinein. Jetzt befanden wir uns in einem gut beleuchteten Gang. Nach einigen Metern nach links und nach rechts fanden wir das alles etwas langweilig. Da wir bereits die Katakomben von Rom kannten, waren wir ziemlich enttäuscht. Es wirkte alles frisch restauriert und gemacht für die Touristen. Unseren Unmut bekamen aber andere Touristen mit, die uns gerade entgegenkamen. Sie meinten: „Wenn Sie dem Wärter ein paar Münzen in die Hand drücken, zeigt er Ihnen auch andere Gänge, die eigentlich für das Publikum gesperrt sind." Das hörte sich allerdings schon viel interessanter an. Also wanderten einige Dinare aus meiner Tasche in die Hand des Wärters mit dem Hinweis, dass wir gern die gesperrten Gänge sehen wollten. Der Wärter nickte und gab uns zu verstehen, dass wir ihm folgen sollten. Jetzt betraten wir völlig dunkle Gänge, von Beleuchtung keine Spur. Der Wärter meinte aber, das sei kein Problem, und zeigte auf seine Taschenlampe. Anfangs beruhigte es uns, aber dann flackerte die Lampe nur noch und wir krochen im Halbdunkel durch die Gänge. Die waren nun auch nicht mehr aufrecht zu begehen, sodass wir auf den Knien weiterrutschen mussten. Inzwischen hatte ich mich an einem Mauervorsprung gestoßen. Endlich erblickten wir völlig verschmutzt das Tageslicht wieder. Georg schaute mich an und meinte: Wie siehst du denn aus? Du bist ja ganz blutig im Gesicht. Er wischte mir notdürftig mit dem Taschentuch das Blut aus dem Gesicht. Dann klopften wir uns gegenseitig den Schmutz von den Sachen und winkten ein Taxi heran, um nach Port Marina zurückzufahren. Nach einer kräftigen Dusche verbrachten wir den Abend zu Hause vor dem Fernseher, ohne zu ahnen, welche Katastrophe sich bereits anbahnte. Am nächsten Morgen, nach dem Aufstehen, zeigte mir Georg seinen linken Fuß. „Guck mal“, sagte er, „mein Fuß ist ganz geschwollen, was das wohl ist?“ „Na, vielleicht hat dich eine Mücke gebissen oder ein ähnliches Getier. Wird schon nicht so schlimm sein“, meinte ich, du solltest das vielleicht einmal kühlen. Genau das war falsch, was wir natürlich nicht wussten. Als normaler Mitteleuropäer kühlt man erst einmal eine Schwellung, bevor man zum Doktor geht. So wurden zwei T-Shirts geopfert, nass gemacht und im Tiefkühlfach im Kühlschrank deponiert. Dann wurde nacheinander immer abwechselnd gekühlt. Georg war mit der Maßnahme auch zufrieden, die Schwellung ging zurück. Am anderen Morgen, es war inzwischen Sonntag, war der Fuß natürlich wieder dicker geworden. So beschlossen wir, barfuß am Strand spazieren zu gehen, Georg immer an der Wasserseite, damit der Fuß im Salzwasser gekühlt wurde. Das zeigte auch Wirkung, Georg spürte Linderung. Schließlich kam uns ein deutsches Ehepaar entgegen. Die Frau sprach uns an und meinte zu Georg: „Na, da haben Sie sich aber etwas eingefangen, Sie sollten doch besser einen Arzt aufsuchen. Ich bin nämlich Krankenschwester, aber das Kühlen könnte gut sein.“ War es aber nicht, aber das wussten wir noch immer nicht.

„Ja“, sagte Georg, „ich werde auf jeden Fall zum Arzt gehen. Wir fahren nämlich am Dienstag nach Deutschland zurück. Bis dahin werde ich weiter kühlen.“ Das Ehepaar wünschte uns alles Gute und gute Reise. Georg kühlte also die nächsten zwei Tage den Fuß, nur dünner wurde der nicht. Am Dienstag, dem Tag der Abreise, musste Georg feste Schuhe anziehen. Während der Reise war natürlich das Kühlen ausgeschlossen. So zwängte er sich in die Schuhe und die Reise ging los. Zu Hause in Bonn angekommen, zog Georg als Erstes die Schuhe aus. Der Fuß war weiter angeschwollen, was auch nicht anders zu erwarten war. Es wurde also weiter gekühlt, denn der nächste Tag war Mittwoch, der OP-Tag, also keine Sprechstunde. Am Donnerstagmorgen standen wir frühzeitig auf, um gleich um 7 Uhr beim Doktor vor der Tür zu stehen. Der Fuß war inzwischen so dick angeschwollen, dass ich dachte, der explodiert gleich. Georg hatte noch alte Filzpantoffeln. Er schnitt den linken mit der Schere so weit auf, bis dass er einigermaßen hineinpasste. Ich fuhr ihn dann mit dem Auto zum Arzt, selbst fahren konnte er natürlich nicht mehr. Unsere Rechnung ging auf, um diese Zeit waren erst wenige Patienten unterwegs, sodass Georg schnell in das Behandlungszimmer gerufen wurde. Ich hatte vielleicht eine Stunde gewartet, als Georg humpelnd mit einem dicken Verband am Fuß wieder erschien. Auf meine fragenden Blicke winkte Georg nur ab, ich glaube, er war den Tränen näher als dem Lachen. „Was hat der Doktor gesagt?", fragte ich. „Was das wirklich ist, weiß der Doktor auch nicht, nur so viel ist sicher, es handelt sich um eine hochgradige Vergiftung. Der Fuß ist bereits in einem Zustand, wo eine Betäubung nicht mehr möglich ist, so hat er den Fuß mit dem Messer aufgeschnitten, um ihn nicht explodieren zu lassen. Ich habe sämtliche Engel im Himmel pfeifen gehört", meinte Georg. „Aber das Schlimmste kommt erst noch, der Doktor hat mir Penicillin direkt in die Wunde gespritzt und beiläufig erklärt, wenn das nicht hilft, müssen wir wohl amputieren. Kommen Sie morgen früh wieder, dann gibt es eine frische Ladung Penicillin." Die ganze Prozedur dauerte dann ca. zwei Wochen mit täglichem Besuch beim Arzt. Nach einigen Tagen gab der Doktor dann Entwarnung und meinte: „Amputieren müssen wir nicht, das Penicillin hat geholfen, aber ohne wäre der Fuß verloren gewesen." Was für eine Vergiftung das war, konnte auch der Doktor nicht mehr klären, allerdings hatten wir uns eine Theorie aufgebaut, die ziemlich logisch war. Als der Fuß stark geschwollen war, konnte man auf dem Rist zwei Einstiche dicht nebeneinander erkennen. Das sah eindeutig nach einem Schlangenbiss aus. Von einem Insekt wäre es nämlich nur ein Einstich gewesen. Wir wussten auch aus Erzählungen von Tunesiern, dass es rund um Sousse Giftschlangen gibt. In diesem Fall war es vermutlich so, dass sich, als wir in den Katakomben herumkrochen, eine Sandviper belästig fühlte und zugebissen hat. Durch die Anstrengung des Herumkriechens hat Georg nicht gemerkt, dass er gebissen wurde. Er hatte nämlich Sandalen an und keine Strümpfe. Diese Version erschien uns logisch und die einzig mögliche. Es hat uns aber auch gelehrt, dass es besser ist, auf den vorgegebenen Wegen zu bleiben.

Sousse - La Marina

Nachdem wir nun einige Woche in Bonn verbracht hatten, wurde trotzdem wieder gebucht. Wieder ein Appartement in Port Marina. Dort angekommen, hatte ich noch immer Chaker, aber was war mit Georg? Khaled war noch immer verschwunden und außerdem hatte Georg für solche Eskapaden keine Lust. Nun, wir beide ahnten noch nicht, was in den nächsten Jahren noch alles auf uns zukommen würde, aber alles der Reihe nach. Irgendwann lief uns dann Rached über den Weg. Ein gut aussehender, groß gewachsener Bursche von 25 Jahren mit sehr guten Manieren. Gerade das Richtige für Georg. Rached machte gerade seinen Führerschein, er kam immerhin aus gutem Haus und die Eltern zahlten dazu. Neben dem täglichen Salär, das man einem Tunesier gibt, wenn man mit ihm zusammen ist, gab ihm Georg noch 50 DM für die Fahrprüfung. Es war schon der 5. Versuch und so dachte ich, muss der sich doch dumm anstellen. Heute weiß ich es besser, denn es lag nicht an Rached. Wenn man die Fahrprüfung gleich bestehen will, sollte man dem Fahrlehrer Bakschisch geben, der einen Teil an den Fahrprüfer weitergibt. Auch dieser Urlaub ging zu Ende, doch nach wenigen Wochen waren wir wieder da. Es war Oktober und wir sollten für drei Wochen bleiben. Wieder im Appartement in Port Marina. Jetzt kam aber ein Wende in Georgs Leben. Eines Abends, wir waren mal wieder in der Disco unterwegs, lernte er Mohammed kennen. Georg war von ihm besonders angetan. Wohl auch, weil es mit ihm keine Verständigungsprobleme gab, denn er sprach Englisch. Trotzdem, die Zeit verging schnell und wir mussten wieder abreisen. Im Gegensatz zu Georg fiel mir das nicht so schwer, hatte ich doch Chaker nicht mehr gesehen und mit den Jungs, mit denen ich mich getröstet hatte, ging es nur um eine flüchtige Bekanntschaft. So wurde die Jahreswende in Bonn verbracht. Es war Karneval und dem waren wir in den letzten Jahren immer entflohen. Außerdem hatte sich Georg in Mohammed verknallt, so mein Eindruck. Na ja, Alter schützt vor Torheit nicht. Es zeichnete sich ab, dass wir in Zukunft länger in Tunesien bleiben sollten. Nachdem wir bereits mehrmals ein Appartement in Port Marina gemietet hatten, stellten wir fest, dass es mit der persönlichen Freiheit auch nicht richtig klappte. Eines Abends kamen wir zusammen etwas später zu viert nach Hause, ich hatte mir in der Disco Yussuf geangelt. Einer der Wachmänner, die die Anlage bewachten, hielt uns auf. Er meinte, die Tunesier dürften um diese Zeit nicht mehr passieren.

Ein anderes Mal kamen wir mit Mohammed zurück und der Wachmann ließ uns wiederum nicht passieren. Da unser Appartement in der Nähe der Straße im Parterre lag, fasste ich einen Plan. Ich fragte Mohammed: „Bist du sportlich?“ „Na klar!“, erwiderte er. Dann sagte ich zu Georg: „Geh du allein vor in die Wohnung. Wir versuchen, von der Straße aus über den Zaun zu klettern.“ Alle waren einverstanden, obwohl Mohammed etwas zögerte, denn Tunesier haben immer Angst vor der Obrigkeit, sie leben schließlich in einer Diktatur, wo mit den Menschen nicht lange gefackelt wird. Trotzdem, ich verließ zusammen mit Mohammed die Wohnanlage, wir begaben uns auf die Straße und stoppten in Höhe unseres Hauses. Ich erklärte Mohammed, dass er genau an dieser Stelle über den Eisenzaun klettern müsse. Na ja, ein Bursche von 25 schafft das ganz locker. Ich wartete ab, bis Mohammed im Haus verschwunden war, und stieg hinterher. Dabei zerriss ich mir die Jeans, denn ich hatte mich wohl doch etwas überschätzt. Eigentlich hätte ich zurückgehen können, um durch den Haupteingang zu spazieren, was ich aber aus Solidarität nicht tat. Der Wachmann lief dann noch eine ganze Weile aufgeregt vor dem Haus herum. Er konnte sich sicher nicht erklären, wo wir geblieben waren. Meine Beschwerde bei der Rezeption, dass uns tunesischer Besuch verweigert würde, wurde mit dem Argument beantwortet, dass sie eine Anlage mit Hotelstatus seien. Verstehen konnte man das nicht wirklich. Die Anlage bestand aus Eigentumswohnungen, die von dieser Gesellschaft verwaltet wurden. Die tunesischen Eigentümer konnten nämlich zu jeder

Uhrzeit Besuch empfangen. Man machte uns den Vorschlag, Mohammed anzumelden. Das taten wir auch und hatten plötzlich keine Probleme mehr. Nur, ich blieb dabei auf der Strecke, lebte ich doch nach wie vor à la carte.

Die erste Wohnung

Nach einer kurzen Diskussion beschlossen wir, uns eine private möblierte Wohnung zu suchen.

So besorgte uns Mohammed in der Vorstadt eine Wohnung zu einem für Europäer angemessenen Preis. Die Wohnung lag in einem Anbau separat hinter einer Villa, aber mit Zugang zu beiden Häusern. Die Zimmer im arabischen Stiel eingerichtet, kleine Küche und Fernsehen, was will man mehr.

Mohammed war nun täglich, auch nachts, bei uns und hatte bald das Vertrauen des Vermieters, den man hier Patron nennt, gewonnen. So verging die Zeit, wir hatten es uns in unserer neuen Wohnung gemütlich gemacht. Ich lebte sexuell à la carte, während Georg fortan monogam war. Das war mir eigentlich sehr lieb, denn Georg ist kein Typ für den schnellen Wechsel. Dazu kam das Problem mit der Sprache. Bisher hatten wir immer Glück gehabt, doch auch das sollte sich noch ändern. Nach kurzem Aufenthalt in Bonn ging es wieder zurück nach Sousse. Unserem Vermieter hatten wir nicht Bescheid gesagt, wann wir wiederkommen würden, aber das mussten wir auch eigentlich nicht. Was uns dann in unserer ach so gemütlichen Wohnung erwartete, war schockierend. Die Möbel aus dem Wohnzimmer standen im Vorhof. In der Wohnzimmerdecke klaffte ein Loch von ca. 100 x 100 cm. Da es sich um ein Flachdach handelte, konnte man also den Himmel sehen und nachts die Sterne. Wir waren so was von schockiert, dass wir wortlos in das nächste Café gingen und uns einen Kaffee bestellten. Es stellte sich die Frage, wo sollten wir schlafen? Das Schlafzimmer war noch intakt, aber vollkommen verdreckt. Also zurück zur Wohnung und auf Mohammed warten. Da der Patron nur Arabisch und Französisch verstand, brauchten wir einen Übersetzer. Es dauerte nicht lange und Mohammed kam um die Ecke. Wir haben ihn auf der Couch sitzend im Vorhof empfangen. Er war genau so schockiert wie wir. Er hatte gedacht, wir wären wieder abgereist. Der Vermieter meinte dann auch, dass er es nur gut gemeint hätte und dass er uns in der Nachbarschaft eine Bleibe für einige Tage besorgen würde. So waren wir zunächst beruhigt. Das, was uns da angeboten wurde, konnte man allerdings getrost vergessen. Ein Raum von mindestens 30 qm mit zwei Betten und sonst nichts. Wir konnten dann den Vermieter überreden, wenigstens von seiner Frau das Schlafzimmer putzen zu lassen und wieder bewohnbar zu machen. So lebten wir dann einige Tage auf der Baustelle.

Nach dem Abenteuer brauchten wir etwas Ruhe in Bonn, aber nicht lange. Alle Formalitäten waren schnell erledigt und ab ging die Reise. Es war Juni, wunderbares Wetter. So freuten wir uns schon auf den Strand. Aber auch dieses Mal blieb uns nichts erspart. Wieder standen Möbel auf dem Vorhof, diesmal der Schlafzimmerschrank sowie die Nachttische. Der Patron meinte, er müsse die Möbel streichen, und zwar von innen. Das hatte er auch gemacht, jedenfalls stank es erbärmlich nach Farbe. Und in dem Gestank sollten wir schlafen? Außerdem hatte er den Inhalt des Schrankes auf die Betten verteilt. Schmutzige und saubere Wäsche durcheinander, die ja im Schrank getrennt gelegen hatte. Aber was sollten wir machen, denn wir waren darauf angewiesen, dort zu bleiben, wenn wir nicht für teures Geld ins Hotel ziehen wollten. So räumten wir die Möbel, die inzwischen getrocknet waren, wieder ein. Eigentlich lebten wir dort in einem bevorzugten und ruhigen Stadtteil. Aber unser Vermieter hatte andere Pläne. Eines Morgens begann es, hinter dem Schlafzimmerfenster zu klopfen. Was wir dann sahen, ließ uns langsam verzweifeln. Gleich zwei Arbeiter waren mit Hammer und Meißel dabei, große Schlitze in das Haupthaus zu schlagen. Als wir den Patron zur Rede stellten, was dort geschehe, meinte er, er würde sich eine Garage bauen. Die wurde aber direkt an unser Schlafzimmer angebaut, sodass wir aus dem Fenster in die Garage gucken konnten. Wir wohnten zwar erst seit drei Monaten dort, überlegten aber ernsthaft, ob es nicht doch Zeit wäre, sich um eine andere Bleibe zu kümmern.

Den Ausschlag gab aber dann, dass der Patron für europäische Verhältnisse unverschämt wurde. Natürlich hatte ich ab und an auch einmal über Nacht einen Besucher da. Das war dem Patron nicht entgangen. So kam er immer morgens, natürlich rein zufällig, an unserem offenen Küchenfenster vorbei und schaute, wie viel Personen am Frühstückstisch saßen, was uns nicht wirklich störte. Doch eines Tages gab er mir zu verstehen, dass, ausgenommen Mohammed, der sein Vertrauen hatte, jeder Besucher, der zu uns käme, erst bei ihm klopfen und sich anmelden müsse. Ich bin wortlos gegangen, viel hätte ich sowieso nicht sagen können, denn Französisch konnte ich ja nicht. Ich ging zu Georg, erzählte ihm die Neuigkeit und machte ihm klar, dass jetzt der Zeitpunkt für einen Umzug gekommen sei. Ich lasse mir doch von einem Tunesier, der von mir die dreifache Miete dessen kassiert, was er von einem Einheimischen bekommen hätte, nicht vorschreiben, wer wann bei mir zu Besuch kommt. Also wurde Mohammed mobilisiert. Eine andere Wohnung musste her, koste es, was es wolle. Mohammed meinte, er wüsste eine Adresse in der Innenstadt und er würde sich kümmern. Da wir nur kurz nach Bonn wollten, könnten wir bestimmt in ca. zwei Wochen umziehen.

An diesem letzten Abend vor der Abreise, Mohammed musste arbeiten, hatte ich die Gelegenheit wahrgenommen und mir einen sportlichen Burschen auf der Straße aufgelesen. Eigentlich sind Tunesier sehr prüde, wenn es ums Ausziehen geht. Dieser aber nicht, die Wohnungstür war kaum geschlossen, schon stand er splitternackt vor mir. Allem Anschein nach war er schwul, denn die, die eigentlich mit Frauen rummachen, das aber aus finanziellen und religiösen Gründen nicht können, verhalten sich anders, so viel hatte ich über die einheimischen Männer bereits rausgefunden. Er machte alles mit und ich konnte sehr zufrieden sein. Am nächsten Morgen, vor der Abreise, fragte mich Georg, warum ich denn Shampoo, Parfüm und Seife schon eingepackt hätte. Ich erwiderte: „Ich? Wieso, du hast doch schon alles eingepackt.“ Nachdem Georg das verneint hatte, war uns klar, der

Typ von gestern Abend hatte die ganze Badezimmer-Konsole abgeräumt. Dass Tunesier gern klauen und dies kein Einzelfall war, mussten wir später noch bitter erfahren.

Die zweite Wohnung

Zurück aus Deutschland gab es eine weitere Überraschung. Wir hatten den Patron vor unserer Abreise schon davon informiert, dass wir nach unserer Rückkehr ausziehen würden. So hatte er während unserer Abwesenheit unserer Wohnung einen Besuch abgestattet und unser Tee-Service, ein Geschenk von Mohammed, sowie sämtliche Bestecke konfisziert. Auf unsere Rückfrage, wo denn unsere Sachen geblieben seien, zuckte er nur mit den Schultern. Wir gaben aber nicht auf und machten ihm klar, dass wir mit seiner Frau sprechen wollten. So gingen wir gemeinsam ins Haupthaus in die Küche. Siehe da, alle fehlenden Gegenstände befanden sich dort. Sowohl der Patron als auch seine Frau taten ziemlich unschuldig und schoben sich die Schuld gegenseitig zu. Sie meinten, es wäre keine böse Absicht gewesen, sondern sie hätten gedacht, dass es sich um ihre Sachen handele, und gaben alles bereitwillig wieder zurück.

Dann ging alles sehr schnell. Mohammed hatte eine kleine 2-Zimmer-Wohnung für uns gefunden. Wir konnten sofort einziehen, und zwar in die 4. Etage mit Balkon. Alles sehr winzig, aber der Blick über die Stadt und auf das Meer war atemberaubend. Der größere Raum wurde als Wohn-/Schlafraum eingerichtet. Den kleinen Raum bekam Mohammed. Er hatte nämlich kein eigenes Zuhause. Seine Mutter war zum zweiten Mal verheiratet und bei seinem Stiefvater war er nicht gut gelitten. Außer seinem jüngeren Bruder und dem 5-jährigen Halbbruder wohnte keiner seiner anderen Geschwister zu Hause. Es ist so in der dortigen Tradition, dass eine Ehe erst wirklich vollzogen ist, wenn innerhalb eines Jahres nach der Hochzeit ein Kind geboren wird. Bei der Zweitehe ist dann auch mindestens noch ein Kind notwendig, sonst kann man bei Verwandten und Bekannten nicht bestehen.

So vergingen die Tage in der neuen Wohnung. Mohammed hatte endlich eine Arbeit als Kellner in einem großen Hotel gefunden, sodass er oft nicht da war. Ich hatte Maher kennengelernt, einen großen, schlanken, aber eigentlich für meinen Geschmack viel zu jungen Burschen. Einem anderen Tunesier hatte Maher erzählt, dass er nur wegen Geld zu mir komme, mich aber sonst nicht sonderlich möge. Dass es eigentlich immer nur um Geld geht, wusste ich eigentlich schon, aber man will es dann doch nicht wirklich wahrhaben. Bei Mahers nächstem Besuch erzählte er mir, dass seine Mutter, die Familie wohnte auf dem Land, im Krankenhaus liege und er dringend eine größere Summe Geld brauche. Er fragte, ob ich ihm helfen könne. Sein Pech war aber, dass ich in den vergangenen Jahren einige Erfahrungen gesammelt hatte. Und diese Geschichte war dann doch zu vordergründig. Die Mutter war natürlich nicht krank. Ich habe ihm klargemacht, dass unsere Beziehung beendet sei. Daraufhin ein Aufschrei, Heulen und Schluchzen, Tunesier können das übrigens auf Kommando. Während er noch tränenüberströmt bei Georg in den Armen lag, der ihn versuchte zu trösten, begab ich mich auf die Straße, denn ich hatte bereits eine neue Verabredung. Ein etwas älterer Typ und, wie sich später herausstellte, ein Geheimpolizist. Er kam alle paar Wochen aus der Hauptstadt angereist, um nach dem Rechten zu sehen und die örtliche Polizei zu kontrollieren, z. B. daraufhin, dass die Männer keinen Kontakt zu Touristen aufnahmen und womöglich Sex mit ihnen machten. Ce la vie – das sollte nicht der letzte Polizist sein, der mit mir in die Kiste sprang.

Mohammed kam mit seiner Gehaltsabrechnung nach Hause und war wütend. „Stellt euch vor, ich habe letzten Monat 30 Tage gearbeitet und nur für 25 Tage Geld bekommen." Der Personalchef hatte gemeint, er solle doch am nächsten Tag noch einmal vorbeikommen. Das tat er auch, aber der Chef war nicht da, er hatte seinen freien Tag. Das hatte er bestimmt auch schon den Tag davor gewusst. Aber so ist das hier. Mit Mitarbeitern geht man nicht sehr zimperlich um. In diesem Fall handelte es sich um eine große Hotelkette, von der man eigentlich erwarten würde, dass man dort korrekt ist, aber es herrscht viel Willkür in diesem Land. Er musste dann noch drei Mal vorsprechen, bevor er sein restliches Geld bekam. Sein direkter Chef war allerdings wie ein väterlicher Freund zu ihm, sodass er wenigstens in der Saison dort arbeiten konnte.

Tunesische Feiertage

Heute wurde es laut auf der Straße, viel Musik und Geschrei. Ach ja, ein Beschneidungsfest. Der Junge, geschmückt wie ein Prinz, ritt auf einem Maultier vorweg, gefolgt von der ganzen Familie und dem halben Stadtviertel hinterher. Man sagt, alle arabischen Männer seien Machos, und ich glaube, so werden sie dazu gemacht. In diesen Tagen bleibt uns nichts erspart. In den nächsten drei Tagen wird das Hammelfest, La Id, wie man hier sagt, gefeiert. Am ersten Tag waren tatsächlich alle Geschäfte, Banken etc. geschlossen. Wir saßen noch beim Frühstück, da wurde es wieder unruhig auf der Straße. Es ist so, dass zu La Id schon eine Woche vorher je nach Geldbeutel mindestens ein Schaf gekauft wird. Die werden dann vor der Haustür angebunden, auf den Balkon oder die Terrasse verfrachtet, je nachdem. In unserem Fall standen auf der gegenüberliegenden Straßenseite zwei Todeskandidaten und warteten auf den Metzger. Ich hatte so etwas noch nie gesehen und war natürlich neugierig. Mit dem Fotoapparat bewaffnet, ging ich auf den Balkon und wartete. Der Metzger ließ nicht lange auf sich warten und es ging sofort zur Sache, denn der arbeitete heute im Akkord. Das Schaf wurde auf die Seite geschmissen, der Kopf mit dem Fuß festgehalten, dann mit dem Messer der Hals durchgeschnitten. Dass dem Schaf das nicht gefiel, merkte man daran, dass es zappelte und versuchte, sich aufzurichten, was natürlich unmöglich war. Jetzt floss jede Menge Blut, denn die Straße war etwas abschüssig. Das zweite Schaf stand daneben und guckte sich das makabre Schauspiel an, nicht ahnend, dass es auch gleich dran war. Schafe gelten allgemein als nicht sehr klug, wohl zu Recht. Nachdem beide Tiere ausgeweidet waren und die Straße mit viel Wasser gespült worden war, packte ich, mit etwas Unwohlsein im Bauch, meinen Fotoapparat wieder ein. Unser Vermieter, ein schwerreicher Saudi, der mit einer Tunesierin verheiratet war, öffnete seinen Supermarkt bereits wieder um 14 Uhr. Vielleicht hatte er Angst zu verhungern. Selber brauchte er sich allerdings die Finger nicht schmutzig machen, er beschäftigte einen jungen Mann, der auch am höchsten Feiertag arbeiten musste. Allerdings ließ er es sich nicht nehmen, sein Schaf selbst zu schlachten. Dazu musste es aber auf die Dachterrasse im 5. Stock, also direkt über uns gebracht werden. Bis vor unsere Tür ließ sich das Tier noch ziehen, aber dann wollte es nicht mehr. Ob es wohl wusste, was ihm dort oben blühte? Georg ließ es sich dann auch nicht nehmen und war behilflich. Von vorn zog der Patron das Schaf mit dem Strick und von hinten musste Georg schieben. Nach kurzer Zeit hörten wir über uns ein Gepolter und ich konnte mir vorstellen, was dort passierte, hatte ich es doch gerade auf der Straße miterlebt. Plötzlich klopfte es an der Tür und der Patron stand mit einem Teller noch warmen Fleisches da. Wir bedankten uns herzlich, denn das ist eine Geste der Gastfreundschaft, die man nicht ablehnen darf. Etwas unwohl im Magen war uns aber trotzdem.

Das Massaker

Die Saison im Hotel war vorbei und Mohammed wieder arbeitslos. Das machte ihm sehr zu schaffen, denn er wollte gern arbeiten. Nur, in einem Land, in dem zwar die Schulausbildung gut ist, man aber danach in ein tiefes Loch fällt, ist das nicht so einfach. Was wir bis dahin noch nicht wussten, Mohammed verletzte sich ab und zu selbst. Immer dann, wenn er ein seelisches Tief hatte und unter Alkoholeinfluss stand. So auch an diesem Abend, den ich nie vergessen werde. Mohammed hatte viel zu viel getrunken und suchte nach einem Gegenstand, mit dem man sich verletzen konnte. Am besten geht das mit einem scharfen Messer, wobei meistens Schnitte in den Arm gemacht werden. Wir versuchten, das zu verhindern. Während Georg beruhigend auf ihn einredete, hielt ich ihn mit aller Kraft im Sessel fest. Als ich glaubte, sicher zu sein, dass er sich nun beruhigt hätte, ließ ich ihn los. Schließlich konnte ich ihn ja auch nicht den ganzen Abend festhalten. Als er merkte, dass sich mein Griff lockerte, sprang er wie ein wildes Tier auf und stürzte in Richtung Fenster. Dann schlug er mit der rechten Hand die Fensterscheibe ein. Es gab einen gewaltigen Knall und das Blut spritzte in alle Richtungen. Er torkelte durch die Wohnung und beschmierte die Wände mit Blut. Vor Entsetzen lief ich durchs Treppenhaus zum Patron und machte ihm klar, dass Mohammed etwas Schreckliches angerichtet hätte. Er kam sogleich mit seinem 17-jährigen Sohn rauf und konnte ihn, nachdem er auf Arabisch auf ihn eingeredet hatte, beruhigen. Sowohl Sohn als auch Vater waren sehr hilfsbereit und halfen uns beim Säubern der Wohnung. Während ich vor Entsetzen fast gestorben bin, waren beide die Ruhe selbst. Wie ich später erfuhr, sollen Nordafrikaner besonders dazu neigen, sich selbst zu verletzen. Ausgerechnet wir mussten an solch einen Typen geraten. Aber Mohammed war sonst ein netter, liebenswerter und auch zuverlässiger Mensch. Außerdem musste Georg entscheiden, ob er mit ihm zusammenbleiben wollte.

Bonn

Nach diesem Desaster beschlossen wir, für einige Wochen in Bonn zu bleiben. Mohammed blieb allein in unserer Wohnung, denn er benahm sich wieder völlig normal. Dass Tunesier für jede Überraschung gut sind, hatten wir in der Zwischenzeit schon gelernt. Wir waren der Meinung, dass in Sousse alles normal verlaufe, denn die Telefonate mit Mohammed waren wie üblich. Die Überraschung war dann groß, als wir wie aus heiterem Himmel ein Telefax bekamen. In deutscher Sprache stellte sich die Schwester von Mohammed vor und teilte uns mit, dass Mohammed Probleme hätte und im Gefängnis säße. Er brauche dringend einen Rechtsanwalt, aber die Familie hätte kein Geld, ob wir helfen könnten. Für uns war klar, da mussten wir helfen. Alle Mühe, die wir uns mit ihm gegeben hatten, sollte doch nicht umsonst gewesen sein. So gingen wir sofort zum Reisebüro und hatten Glück. Für den kommenden Dienstag waren noch zwei Flüge frei, also wurde sofort gebucht und die Koffer wieder gepackt.

Gefängnis

In Sousse angekommen, begaben wir uns sofort nach Cité Riadh, denn wir wussten, wo die Familie wohnte. Mohammeds Mutter lernten wir direkt auf der Straße kennen. Sie gab uns zu verstehen, dass wir mitkommen sollten ins Nachbarhaus. Dort trafen wir auf Mohammeds Schwester sowie auf deren Mann. Mit Amor konnten wir uns auf Englisch verständigen. Er wusste auch nicht so genau, was Mohammed angerichtet hatte, aber um in Tunesien ins Gefängnis zu kommen, brauchte es nicht viel, das war uns schon klar. So verabredeten wir uns mit Amor für den nächsten Tag beim Rechtsanwalt, den er schon kontaktiert hatte. Der wurde natürlich erst tätig, als Geld über den Schreibtisch geflossen war. Dafür sorgten wir dann. Der Rechtsanwalt versprach uns, sich sofort um einen Besuchstermin im Gefängnis zu kümmern. Von Amor erfuhren wir, dass wir als Ausländer keine Möglichkeit hätten, Mohammed zu besuchen. Es würden nur die engsten Verwandten vorgelassen, also Eltern und Geschwister. Um Mohammed das Leben im Knast erträglicher zu machen, gaben wir Amor Geld. Damit sollte seine Mutter Essen kochen und es zweimal die Woche ins Gefängnis bringen. Außerdem waren zwei Schachteln Zigaretten erlaubt. Amor verlangte wöchentlich 60 Dinar von uns, was wir eigentlich ziemlich viel fanden. Zum Vergleich, ein Tunesier verdiente zu der Zeit kaum mehr als 200 Dinare im Monat. Aber so ist eben ihre Mentalität, jeder versucht, am Unglück des anderen auch mitzuverdienen.

Der Prozess

Jetzt ging alles sehr schnell für arabische Verhältnisse. Der Prozesstermin stand fest, den wir uns nicht entgehen lassen wollten. Inzwischen hatte der Rechtsanwalt herausgefunden, dass Mohammed in eine Schlägerei verwickelt worden war. Erschwerend kam hinzu, dass er einen Polizisten angegriffen haben sollte. Der Advokat meinte aber, da er schon vier Wochen inhaftiert sei, könnten wir ihn bestimmt direkt mitnehmen.

Wir betraten also das Gerichtsgebäude und setzten uns zusammen mit Amor ungefähr in die Mitte der Zuschauer. Der Saal war gerappelt voll. Ganz vorn saß der Richter, vor ihm, auf dem Tisch getürmt, ein Berg von Akten. In der ersten Reihe saßen einige Rechtsanwälte, u. a. auch der von Mohammed. Die Verhandlung begann, natürlich in Arabisch. Amor versuchte, uns in etwa zu übersetzen, was dort vorn passierte. Die Angeklagten wurden einzeln, manche auch in Gruppen hereingeführt. Der Richter blätterte in den Akten, sprach kurz mit den Angeklagten oder deren Advokat, sofern sie einen hatten, und verkündete sofort das Urteil. So wurden innerhalb einiger Stunden bestimmt 30 Personen verurteilt. Mohammed kam ziemlich zum Schluss dran. Wir wurden also gehörig auf die Folter gespannt. Der Richter sprach mit ihm und ließ sich anscheinend erklären, was Mohammed angestellt hätte. Daraufhin fing der ganze Saal an zu lachen. Wir wussten natürlich nicht, um was es ging, fanden aber, dass es die lustigste Verhandlung von allen war. Dann sprach sein Anwalt und wir hatten den Eindruck, dass er seine Sache gut machte. Jetzt sprach der Richter das Urteil und wir sahen Amor fragend an. Mohammed musste noch weitere zwei Wochen in Haft bleiben, und zwar nur deshalb, weil er unter Alkoholeinfluss gestanden hatte. In Deutschland wären das mildernde Umstände gewesen, aber hier sah man das ganz anders, zu Recht, wie ich meine.

Inzwischen wussten wir auch, was eigentlich vorgefallen war. Mohammed war spät abends in der Diskothek gewesen und hatte schon ordentlich dem Alkohol gefrönt. Er stand in der Nähe der Tür, während ein Mann hereinkam und ihn anrempelte. Er fühlte sich provoziert und beschimpfte ihn. Der erwiderte: „Fick deine Mutter." Das ist so ungefähr das Schlimmste, was man einem arabischen Mann sagen darf. Daraufhin schlug Mohammed zu. Was er nicht wusste, der Mann war von der Zivilpolizei und natürlich nicht allein. Die packten ihn und transportierten ihn sogleich in den vor der Tür stehenden Wagen. Der Polizeiwagen war schon gut gefüllt mit jungen Burschen. Mohammed saß direkt an der Tür. Deshalb überlegte er in seinem besoffenen Kopf: Die haben mir meinen Ausweis nicht abgenommen, wenn ich jetzt schnell die Tür öffne und laufe, könnte ich entkommen. Das tat er und das war sein Fehler. Wäre er im Auto sitzen geblieben, hätte man ihn zur Polizeiwache mitgenommen, eine Nacht festgehalten und wieder laufen gelassen. Die Polizisten waren natürlich schneller und haben ihn sofort wieder eingefangen, nicht ohne ihn zusammenzuschlagen. Wie er uns später erzählte, muss sein Gesicht ziemlich deformiert gewesen sein. Er wurde dann auch erst nach drei Tagen dem Haftrichter vorgeführt, damit die Wunden erst einmal abheilten. Eigentlich ist es der Polizei nicht erlaubt, jemanden zusammenzuschlagen, es ist aber üblich und niemand regt sich darüber auf. In den Familien wird übrigens auch viel geschlagen. Der Vater die Kinder oder die Mutter oder die Mutter die Kinder, immer der Stärkere den Schwächeren. Für uns sind das alles Geschichten aus der Vergangenheit, aber dort ist das noch Alltag.

Die nächsten zwei Wochen vergingen ziemlich schnell. Plötzlich klopfte es an der Wohnungstür.

Mohammed stand mit gesenktem Kopf vor uns, wie ein begossener Pudel. Wir zogen ihn rein und nahmen ihn einer nach dem anderen erst einmal in den Arm. Mohammed hatte sich wieder eingelebt, weshalb wir ihn abends beim Glas Bier mal nach seinen Erlebnissen im Knast befragten. Dass die Gefangenen dort nicht so human behandelt werden wie bei uns, war uns schon klar. Aber was er uns dann erzählte, war dann doch ziemlich schockierend. Man muss sich einmal vorstellen, es gibt einen großen Saal mit 100

Betten, aber 200 Insassen. Das bedeutet, dass sich zwei Personen ein Bett teilen müssen. Mohammed teilte sich ein Bett mit einem älteren Mann, einer schlief tagsüber, der andere nachts. Es gab nur eine Toilette für alle. Duschen einmal die Woche, darüber hinaus nur gegen Bezahlung, ebenso wie Fernsehen. Wer also kein Geld von draußen bekommt, hat schlechte Karten. Seine Mutter hatte ihm immerhin von unserem Geld etwas zu essen gebracht. Von den zwei Schachteln Zigaretten kamen regelmäßig 10 Stück an. Den Rest kassierten die Wärter vorher ab. Und die 60 Dinare, die wir dem Schwager jede Woche gegeben hatten, waren wohl auch mehr für Amor als für Mohammed. Jeder ist sich hier der Nächste, auch in der Verwandtschaft. Bei dieser Gelegenheit, sozusagen bei Kerzenschein, eröffnete uns Mohammed ein Anliegen. Er erzählte uns, dass ein Freund von ihm, dort sind alle, die man mal eben kennenlernt, Freunde, mit ihm zusammen ein Fischgeschäft eröffnen möchte. Allein das Problem war, man ahnt es schon, dazu brauchte man Geld. Sein Freund Khalifa arbeitete in der Markthalle als Fischverkäufer, war verheiratet und hatte zwei Kinder. Wir wandten ein, dass Mohammed von Fisch keine Ahnung hätte. Das wäre kein Problem, denn in Tunesien sei alles kein Problem. „Khalifa ist ja vom Fach und er bringt mir bei, was man über Fisch wissen muss", war seine Antwort. Über diese Botschaft mussten wir erst einmal schlafen, denn da handelte es sich um eine größere Investition. Aber es kam, wie es kommen musste, wir haben Mohammed zugesagt, die Finanzierung für das Fischgeschäft zu übernehmen.

Die Tropfsteinhöhle

Es war jetzt Frühjahr und es hatte in den vergangenen Monaten viel geregnet. Nach und nach verwandelte sich unsere Wohnung in eine Tropfsteinhöhle. Die Decke war in allen Räumen total durchnässt und die Wände im Schlafraum schwarz von Schimmel. Wir zeigten dem Patron den Schaden und baten um Abhilfe. Die kam auch sofort, aber anders, als wir uns das vorgestellt hatten. Das war einmal wieder eine typisch tunesische Lösung: Man nehme viel Farbe und einen Pinsel und überstreiche alles. Schon ist die Wand wieder blütenweiß. Nur, das konnte nicht die Lösung sein, denn der Schimmel war doch immer noch da. Und was war mit der Decke? Tage später wurde die Dachterrasse dann mit einer wasserdichten Farbe gestrichen. Der Patron kam triumphierend zu uns, um uns zu berichten, dass nun alle Schäden behoben seien, und darauf hinzuweisen, dass die Farbe sehr teuer gewesen wäre, der Ärmste.

Kaffeeklatsch

Nun, da wir mitten in der Stadt wohnten, das Wetter war auch meistens schön, gingen wir nachmittags oft ins Café La Plage. Die haben eine große Terrasse und es trifft sich alles, was Rang und Namen hat oder auch nicht. So lernten wir nach und nach einige Deutsche kennen. Wir stellten fest, dass es eine kleine deutsche Kolonie gab. Jeder der Zeit hat, das haben eigentlich alle, oder auch Lust, mit Landsleuten zu sprechen, kommt dort hin. So lernten wir Eva aus Berlin kennen, die mit einem jungen Tunesier zusammenlebte, oder auch Gertrud aus dem Nachbarort. Sie war sogar mit einem Tunesier verheiratet. Wie sich später herausstellte, hatte er sie aber auch nur abgezockt. Sie war so blauäugig gewesen und hatte das Geld für das gemeinsame Haus zur Verfügung gestellt. Als alles fertig war, hat er sie rausgeschmissen. Aber da hatte der Typ nicht mit Gertrud gerechnet. Die ließ sich das nicht gefallen und hat jahrelang geklagt. Sie brachte es sogar fertig, ihren Ex-Mann ins Gefängnis zu bringen. Sein guter Job als Polizist war natürlich auch weg. Das ist in Tunesien besonders tragisch. Als Polizist hat man ziemliche Narrenfreiheit, denn man lebt schließlich in einem Polizeistaat. Eva war eine sehr intelligente Frau, aber leider körperlich nicht auf der Höhe. So hatte sie in Mosef jemanden gefunden, der sich um sie kümmerte. Das hatte natürlich seinen Preis. Mosef wollte unbedingt nach Deutschland. Fast alle jungen Tunesier wollen nach Europa. Da die EU schon vor Jahren die Grenzen dicht gemacht hat, gibt es nur noch einen Weg. Eine Frau finden, egal, wie alt, wie behindert oder hässlich sie auch ist, und heiraten. Es hatte sich auch bereits herumgesprochen, dass in vielen europäischen Ländern, darunter in Deutschland, auch Männer einander heiraten können. Wenn es um ihren Vorteil geht oder um nach Europa zu kommen, schrecken sie vor nichts zurück. Not macht eben erfinderisch.

Der Supermarkt

Mohammed kommt nach Haus und sagt: „Ich habe gerade mit dem Patron gesprochen. Ich habe ihm erzählt, dass ich in Kürze ein Fischgeschäft in Cité Seloul eröffnen werde. Er meinte, das wäre keine gute Idee. Stattdessen bot er mir seinen Lebensmittel-Supermarkt hier im Haus an. Er möchte das Geschäft gern abgeben, zu günstigen Konditionen." Das weckte mein Interesse, denn diese Branche kannte ich recht gut. Ich hatte doch Lebensmittel-Kaufmann gelernt und auch im Einzelhandel gearbeitet.

So empfand ich das für mich als eine besondere Herausforderung, auch um den Aufenthalt hier mit etwas mehr Leben zu erfüllen. Der Ruhestand war wohl noch nicht recht bei mir angekommen.

Da wir selbst dort einkauften, wussten wir, dass der Laden gut lief. Wenn man etwas renovierte und vielleicht Teilselbstbedienung machte, wären bestimmt noch bessere Umsätze zu erzielen. Ich bekam wieder richtig Spaß daran, selbst kreativ zu arbeiten. So vereinbarte Mohammed ein Treffen mit dem Patron. Zunächst musste man natürlich über die Umsätze Bescheid wissen. Bücher über Warenein- und -ausgang oder Aufzeichnungen über die Umsätze gab es nicht. Auf unsere Nachfrage wusste sich die Frau des Patrons zu helfen. Sie addierte einfach alle Lieferantenrechnungen eines Jahres zusammen. Was eingekauft wird, muss auch verkauft worden sein. Diese Logik überzeugte uns, wir hatten aber auch keine andere Wahl. Hier werden die Steuern einmal im Jahr pauschal bezahlt und sind nicht sehr hoch. Wer also gute Geschäfte macht, profitiert an dem System, wer schlechte Geschäfte macht, hat eben Pech gehabt. Der Patron versicherte uns, dass er nur den Warenbestand bezahlt haben wolle. Für die Ladenmiete nannte er auch einen moderaten Betrag. Sein fest angestellter junger Mann verdiente 250 Dinare. Nicht viel, wie wir fanden, hatte er doch schließlich Familie. Der Patron brüstete sich aber damit, dass er auch die Sozialversicherung und Krankenkasse für ihn bezahle, und zwar mehr als gesetzlich vorgeschrieben. Was bei uns selbstverständlich ist, ist dort noch immer eine Ausnahme. Wir hatten uns einige Tage Bedenkzeit erbeten und signalisiert, dass wir großes Interesse an dem Objekt hätten. Das war schon wieder ein Fehler. Wir mussten noch lernen, dass es besser ist, etwas Gleichgültigkeit und eher Desinteresse zu zeigen. So legte der Patron gleich nach und meinte, zusätzlich zur Warenübernahme und monatlichen Miete käme eine einmalige Abfindung von 60.000 Dinaren. Wir waren doch ziemlich schockiert. Auf unsere Frage, wofür er denn so viel Geld verlange, meinte er lakonisch: „Ich habe mir in Port Marina ein Baugrundstück gekauft und der Hausbau wird ungefähre 60.000 Dinare betragen." Dieser Logik konnten wir nun gar nicht folgen. Es war also nicht entscheidend, was der Laden wirklich wert war, sondern das, was man zufällig für ein anderes Objekt brauchte. Schnell waren wir uns einig, dass wir von dem Projekt Abstand nehmen sollten, und teilten das dem Patron auch mit. Hatten wir doch immer noch die Hoffnung, dass der Fischladen ein Erfolgsmodell würde. Außerdem hatten wir dort schon so viel Geld investiert, dass wir eigentlich gar nicht mehr anders handeln konnten.

Wohnungswechsel

Beim täglichen Kaffeeklatsch lernten wir Friedel kennen. Wir bekamen schnell Kontakt zu ihm, denn er war auch aus Bonn. Er lebte als Frührentner mit Anfang 40 schon einige Jahre hier. Wir merkten bald, dass die Bekanntschaft mit Friedel für uns sehr vorteilhaft sein konnte. Hatte er doch schon viel Erfahrung mit Land und Leuten und außerdem sein Auto dabei. Außerdem war er uns im täglichen Leben behilflich. Wenn man eine eigene Wohnung hat, spielt sich das Leben fast so wie zu Hause ab, d. h., man muss einkaufen, braucht einen Schuhmacher oder Schneider. Da ist es immer gut, wenn man jemanden kennt, der einem gute Ratschläge gibt. Und das tat Friedel, er war wirklich sehr hilfsbereit. Schließlich bot er uns an, einmal mit ihm in den Stadtteil Saloul zu fahren. Dort hatte ein großer Supermarkt neu eröffnet. Das war etwas Neues. Die zwei Supermärkte in der Stadt waren nämlich staatlich und dementsprechend schlecht geführt. Bei dieser Gelegenheit lernte Friedel auch unsere „Tropfsteinhöhle" kennen. Wir hatten ihm natürlich schon von Mohammed erzählt. Er meinte, dass wir keinesfalls länger hier wohnen sollten. Er wüsste, dass in seiner Straße, im Stadtteil Turki, auch nicht weit vom Zentrum, im Nachbarhaus neu vermietet werden sollte. Der Vermieter wohnte im Nachbarort, hatte aber in Sousse eine Arztpraxis. Also kein armer Mann. Friedel meinte, ob er ihn nicht anrufen solle, wir könnten uns vielleicht einmal eine der Wohnungen ansehen. Bisher hatte er immer an Touristen aus Tunesien, Algerien oder Libyen vermietet. Doch die machten alles kaputt und nach wenigen Wochen sah die Wohnung aus, als wenn eine Bombe eingeschlagen hätte. Hingegen waren Europäer sehr gefragt. Sie waren sauber, pflegten die Wohnung und bezahlten immer korrekt Miete. Friedel wurde sofort aktiv. Am nächsten Tag war Besichtigung. Die Wohnung lag im 2. Stock, hatte einen großen Salon und zwei Schlafzimmer sowie eine große Küche und Bad. Die Decken waren über 3 m hoch, das war ich von den Wohnungen vorher nicht gewohnt. Schließlich entschieden wir uns aber, die Wohnung zu nehmen. Nur die Aufteilung der Räume war etwas unglücklich. In Tunesien ist es üblich, dass man vom Hausflur direkt in den Salon kommt, eine Diele gibt es nicht. Da sich an das eigentliche Schlafzimmer ein großer Balkon anschloss, beschlossen wir, diesen Raum zum Wohnzimmer zu machen. Der kleine Raum reichte als Schlafzimmer aus und der eigentliche Salon wurde nur als Durchgang genutzt. So weit, so gut. Jetzt hatten wir, obwohl diese Wohnung mindestens doppelt so groß war wie die alte, noch keine Bleibe für Mohammed. Doch Friedel wusste Rat. Er fragte den Patron, ob denn das Appartement im 1. Stock noch frei wäre. Dieser meinte, das könnten wir auch haben. Die Miete war eigentlich zu hoch. Aber beide Mieten zusammengerechnet waren erträglich. Außerdem, mit zwei Personen konnten wir uns diesen vermeintlichen Luxus erlauben. Unsere Abfindungen, die wir von unserem ehemaligen Arbeitgeber bekommen hatten, waren gut angelegt. Beide Wohnungen waren möbliert. Na ja, das eine oder andere Stück, was man in Bonn so auf dem Sperrmüll findet, ist noch besser erhalten.

Da in der alten Wohnung zum Ende des Monats der Mietvertrag auslief, konnten wir sofort umziehen. Der Patron in der alten Wohnung hatte sich, als wir kündigten, schon gedacht, dass wir nicht länger bleiben wollten. So stand er dann am Tage des Umzugs in der Wohnung und kontrollierte, ob wir auch nur die Sachen mitnahmen, die uns gehörten. Nun war er dabei von seiner Wischi-Waschi-Mentalität ausgegangen. Dass wir nur die Sachen einpacken würden, die uns gehörten, verstand sich von selbst. Allerdings war da noch ein Haken. Wir hatten uns auf dem Souk-Lachat, dem Sonntagsmarkt, den die Touristen Kamelmarkt nennen, einen arabischen Beistelltisch gekauft. Auf diesen Tisch war der Patron wohl scharf. Da ich noch immer kein Französisch verstand, deutete er auf den Tisch und sagte immer wieder: „Le table, le table“, und zeigte dabei auf sich. Ich versuchte, ihm mit meiner Gestik klarzumachen, dass das unser Tisch sei und wir ihn auf dem Kamelmarkt gekauft hätten. Er war aber immer wieder dran mit „Le table, le table!“ Ich ließ mich davon nicht beirren, denn was mir gehörte, das gehörte mir, und so packte ich den Tisch unter den Arm und transportierte ihn ab. Dieser Mann war bis dahin immer freundlich gewesen. Was ihn jetzt dazu bewegte, uns Schwierigkeiten zu machen, verstehen wohl nur die Götter oder Allah.

Unsere neuen Wohnungen richteten wir uns in der Zwischenzeit ein, so nett es eben ging. Kauften noch einige Sachen, wie einen Fernseher und eine Satellitenschüssel, damit wir endlich deutsches Fernsehen gucken konnten. Das Appartement, in dem Mohammed leben sollte, war besser ausgestattet. Das Schlafzimmer war neu und es war klar, dass Georg künftig dort nächtigen würde. Dadurch hatte ich zum ersten Mal auch meine sturmfreie Bude, was mir recht gut gefiel. Tagsüber war ich mit Georg zusammen in der großen Wohnung, wo auch gekocht und gegessen wurde, und abends hatte jeder sein eigenes Reich.

Mohammed war auch sehr zufrieden, aber immer noch arbeitslos. Wir grübelten nun darüber nach, wie man ihm helfen könne, und die Sache mit dem Fischgeschäft stand noch immer im Raum. Inzwischen hatte er den Führerschein gemacht. Die Fahrprüfung hatte er auch beim ersten Anlauf bestanden. Er ist zwar ein intelligenter Kopf, aber damit hat das wenig zu tun. Er wusste eben, wie es ging, nämlich mit Geld. Am Tag der Prüfung sagte Mohammed zu Georg, als er nach der theoretischen Prüfung kurz nach Hause kam: „Give me 100 Dinar.“ Georg erwiderte: „Wofür?“ „Na, for the man!“ Aha, „for the man“. Es konnte sich nur um den Fahrprüfer handeln. Und so war es dann auch. Stolz kam Mohammed nach einigen Stunden mit dem neuen Führerschein zurück und sagte: „Ich habe als Einziger bestanden, die anderen 17 sind durchgefallen.“ So ist das eben in diesem Land, wer gut schmiert, der gut fährt.

Inzwischen hatte ich mich mit Paul angefreundet, der im selben Haus wohnte wie Friedel. Paul war Lehrer im Vorruhestand und kam aus Berlin. Er hatte sich auch entschieden, länger zu bleiben. So gingen wir beide fast jeden Abend auf die „Rue de la Trab". Erst ins Kaffeehaus und später mal hier oder dort hin, wo man Bier und Wein bekam. Alkohol darf nur dort ausgeschenkt werden, wo man auch etwas zu essen bekommt. Die Tunesier saufen sich häufig die Hucke voll, ohne etwas zu essen. Ich habe selten so viele Betrunkene gesehen wie dort. In der nächsten Zeit hatte ich natürlich viele Bekanntschaften gemacht, mal nette, aber auch weniger nette. So kam öfter Ali zu mir, den ich wegen der Häufigkeit des Namens einfach Badewannen-Ali nannte. Bevor wir Sex machten, bestand er darauf, zusammen mit mir in der Badewanne zu duschen. Das gefiel mir auch nicht schlecht und so haben wir es dann meistens schon unter der Dusche getrieben.

Eines Nachmittags, ich war allein unterwegs, bemerkte ich einen Mann, der mir mit Blicken klarmachte, dass ich ihm in die nächste ruhige Seitenstraße folgen solle. Was das zu bedeuten hatte, war dann wohl klar. Ich verabredete mich mit ihm noch für denselben Abend. Er war aus Monastir und musste noch am Abend den letzten Zug kriegen, denn er gehörte zur arbeitenden Bevölkerung. Hassan war ein Vorsichtiger. Ich wartete auf ihn auf dem Balkon, denn er hatte mir gesagt, dass er nicht an der Haustür warten würde, sondern durch die bereits vorher von mir geöffnete Tür ins Haus gelangen wolle. Als er die Straße hinaufkam, das Haus hatte leichte Hanglage, lief ich runter und öffnete die Haustür vorsichtig einen Spalt. Nach einem Moment öffnete sich die Tür und Hassan kam herein, um schnell die Tür wieder hinter sich zu schließen. Wir gingen ins Wohnzimmer, wo ich bereits einige Utensilien griffbereit platziert hatte, die man zum Sex brauchte. Wir tranken einige Biere zusammen und bei Hassan löste sich die Zunge, denn er sprach ziemlich gut Englisch. So begannen wir uns beide nach und nach von den Kleidern zu befreien. Er hielt mir seinen großen, dicken Schwanz vors Gesicht und machte mir klar, dass er geblasen werden möchte. Nichts tat ich lieber als das, einen solchen Prügel fand man auch hier nicht jeden Tag. Nachdem wir beide stark erregt waren, zog er sich ein bereitliegendes Kondom über und rieb den stramm dahinstehenden Sipp (arabisch für Penis) mit Gleitcreme ein. Er drehte mich um und stieß mir seinen Wonneprügel von hinten rein. Ich hörte die Engel im Himmel pfeifen, denn er war nicht zimperlich und stieß kräftig zu, bis dass er endlich zum Orgasmus, gleichzeitig mit mir, kam. Eins war klar, der sollte mich noch öfter besuchen. Obwohl er nicht ganz billig war, er verlangte 10 Dina extra für die Bahnfahrt von und nach Monastir, was ich auch korrekt fand. Wir verabredeten uns für mittwochs exakt um 20 Uhr.

Mit Georg bin ich für einige Wochen in Bonn gewesen, da dort einige Dinge zu regeln waren, die keinen Aufschub duldeten. In Bonn hatte ich mir überlegt, dass wir vielleicht in Tunesien einige Probleme eher lösen könnten, wenn ich Französisch lernen würde. Georg kam dafür nicht infrage, da ihm Englisch genug war und er sowieso meistens mit Mohammed zusammen war. Bisher hatten wir auch noch keinen Vermieter gehabt, mit dem wir in einer Sprache hätten sprechen können, die wir verstanden. Durch Zufall kam ich an einen jungen Mann, der nebenberuflich französischen Unterricht gab. Ich habe bei ihm einen Crash-Kurs gemacht und dann mit dem Lehrbuch in Sousse allein weitergelernt. Das hat sich ausgezahlt, konnte ich doch nach kurzer Zeit wenigstens im Tante-Emma-Laden einkaufen und viele Begriffe lesen, da neben Arabisch fast alles auch in Französisch beschriftet war.

Das Fischgeschäft

Außer meinen neuen Französisch-Kenntnissen hatten wir auch einige Tausend DM mitgebracht. Wir wollten Mohammed unbedingt helfen, sich eine Existenz zu schaffen. In der Zwischenzeit hatte sich Khalifa um einen günstigen Standort für das Geschäft umgesehen. So fuhren wir in den Stadtteil Saloul. Dort war ein kleiner Laden, ca. 30 qm, zu vermieten. Er musste allerdings noch umgebaut werden. Die Lage sagte uns zu und Khalifa versicherte uns, dass weit und breit kein anderes Fischgeschäft in der Nähe sei. Wir mussten das glauben, es stellte sich dann aber später als falsch heraus. So machten die beiden mit dem Vermieter, einem alten Mann von über 70 Jahren, einen Mietvertrag. Er wohnte mit der Familie im gleichen Haus. Zugleich wurden die ersten Zahlungen fällig, denn der Patron wollte die Miete gleich für mehrere Monate im Voraus kassieren, was wir auch akzeptierten, denn wenn wir den Laden haben wollten, hatten wir keine andere Wahl. Für unsere Verhältnisse war der Betrag nicht sehr hoch. Dann wurde es aber teurer. Khalifa machte uns klar, dass er fürs Erste 1000 Dinare brauche, um Steine zu kaufen, es sollte eine Trennwand eingezogen werden. Außerdem musste auch in Tunesien ein Fischgeschäft gefliest sein. Nach einigen Tagen hatten die Arbeiten begonnen und wir fuhren mit dem Taxi zu unserem Fischgeschäft. Dort wurde fleißig gearbeitet. Die Trennwand war schon gemauert und die Maurer waren dabei, eine Stuckdecke zu bauen. Das verstanden wir nicht wirklich, aber Khalifa machte unmissverständlich klar, dass er das Sagen habe und diese Decke eben notwendig sei. Wieder einmal erkannte ich, dass ich zwar gut mit den Leuten umgehen konnte, sie aber nicht verstand. In den darauffolgenden Wochen wurden immer weitere 1000 Dinare verbaut. Schließlich versuchte Georg, die Sache mit Mohammed zu klären, denn das Unternehmen wurde uns langsam zu teuer und war auch bei Weitem noch nicht abgeschlossen. Mohammed erklärte uns dann, dass Khalifa seine

Arbeit in der Markthalle schon aufgegeben hätte und täglich mindestens 20 Dinare für sich abzweige. Wir stellten ihn daraufhin zur Rede und er meinte, das brauche er eben, denn er habe ja schließlich eine Familie zu ernähren. So konnte es also nicht weitergehen. Wir machten Mohammed klar, dass der Bau sofort zu stoppen sei und wir Khalifa als Partner nicht mehr akzeptierten. Mohammed sah das ein. Wir veranlassten ihn, mit dem alten Patron zu reden, um zu erreichen, dass Mohammed den Laden allein miete. Der Patron willigte ein unter der Bedingung, dass er etwas mehr Miete bekomme. Wir hatten keine Wahl, der Alte hatte seine Chance gesehen und uns ausgetrickst. Von jetzt an machten Georg und ich die tägliche Bauaufsicht. Inzwischen hatte Mohammed die vorläufige Gewerbeerlaubnis bekommen und es stand der Eröffnung fast nichts mehr im Wege. Die bestellte Tiefkühltruhe, die für ein Fischgeschäft unabdingbar ist, wurde bereits geliefert. Ein weiteres Problem war, dass der Fisch morgens um 5 Uhr in der Großmarkthalle eingekauft werden musste. Dazu wäre natürlich ein Auto sehr nützlich. Also ließen wir uns breitschlagen und spendierten einen gebrauchten, aber noch gut erhaltenden Citroën. Es sollte an nichts mangeln. Nachdem an einer Wand die Koransprüche aufgemalt waren und auf der anderen Wand ein Bild vom Staatspräsidenten hing, konnte langsam an eine Eröffnung gedacht werden.

Mohammed war zwar nicht sehr gläubig und den Präsidenten mochte er auch nicht. Aber er meinte, das müsse sein. „Dann mache ich es allen Kunden recht." Jetzt fehlte nur noch die Außenbeschriftung. Mohammed entschied sich für *„Poisson Du Sahel"* in Arabisch und Französisch, was so viel heißt wie „Fisch im Sahel".

Kaffeeklatsch

Wir hatten jetzt wieder mehr Zeit und gingen auch wieder Kaffeetrinken im Café la Plage. Es hatte sich einmal mehr die deutsche Kolonie eingefunden. Gertrud hatte gerade wieder einen Gerichtstermin hinter sich. Sie war jetzt guter Hoffnung, dass das Haus auf sie überschrieben *würde*. Konnte sie doch beweisen, dass das Geld für den Bau von ihr kam. Ihr Ex hatte ihr nämlich eine Quittung unterschrieben. Dafür, dass sie weder die Landessprache noch Französisch sprach und eine Frau war, hatte sie ziemlich viel Zivilcourage. Auch in Tunesien, wo im Vergleich zu anderen islamischen Ländern die Frauen verhältnismäßig viele Rechte haben, tut sich eine Frau trotzdem noch etwas schwerer. Hier bahnte sich aber ein glückliches Ende an. Eva kam mit der Nachricht, dass sie nun endgültig mit Mosef nach Berlin umsiedeln wolle. Ihr Gesundheitszustand hatte sich verschlechtert und sie fühlte sich in Deutschland besser aufgehoben. So hatten sie kurzerhand geheiratet. Ob Mosef sich an die Abmachung hält und Eva pflegt, muss man abwarten. Aber eigentlich hatte er keine Wahl. Da er einen deutschen Pass anstrebte, musste er schon die nächsten fünf Jahre ausharren. Heute lernten wir auch ein deutsch/belgisches Ehepaar kennen, nämlich Martina und Heinz. Besonders Martina war sehr nett. Während sie im Hotel Karamel in der Küche für deutsches Essen sorgte, war Heinz der Chef der Nachtbar. Sie hatten eine 10-jährige Tochter, die die Internationale Schule besuchte, denn die Familie war schon seit mehreren Jahren in Tunesien, und wie es aussah, wollten sie auch noch für längere Zeit bleiben. Die kleine Sabine war sehr intelligent, ein sehr aufgewecktes Kind. Sie sprach bereits perfekt Arabisch, Französisch, Englisch und natürlich Deutsch sowie Niederländisch.

Mit Friedel traf ich mich meistens abends im Café La Rose. Hier traf sich alles. Alle Touristen, die sich für die einheimischen

Männer interessierten, und alle Tunesier, die sich für Touristen interessierten. Es war auch bekannt, dass dieses Café der örtlichen Polizei ein Dorn im Auge war, nur machen konnten sie wenig dagegen. Wenn man nur Kaffee trank und zusammen plauderte, war das auch in Tunesien nicht verboten. Die Polizei kommt schon mal vorbei und kontrolliert die Ausweise. Die Männer, die eine Anschrift außerhalb von Sousse haben, werden dann gefragt, warum sie in Sousse seien und nicht in ihrem Dorf Kaffee tränken. Die Antwort ist dann: „Ich suche gerade Arbeit", und die Sache ist erledigt, bis zum nächsten Mal. An diesem Abend tauchte Ramsi mit seinem Freund auf. Natürlich kannte Friedel die beiden, was mich nicht wunderte, denn Ramsi war bildschön. Ich war hin und hergerissen, aber Friedel nahm die beiden in Beschlag und ich wusste auch nicht, ob er noch Wert auf Ramsi legte. Außerdem wollte ich mich nicht einmischen, obwohl mir Ramsi gut gefiel. In der folgenden Zeit zeigte mir Friedel, der sein Auto immer dabeihatte, Sousse und die Umgebung und sein sogenanntes Jagdgebiet, wo er junge Männer anmachte. Er bevorzugte 18- bis 19-Jährige, am liebsten noch jünger. Das war aber gefährlich, wenn denn die Polizei ins Spiel kam. Ebenso war ich abends nach dem Café La Rose oft mit Paul unterwegs. Wir gingen einmal wieder in die Bar Abdallah, wo sich alles traf, was Bier und Wein bevorzugt. Am Nebentisch fiel mir ein stämmiger Kerl mittleren Alters auf, was ich aber eher als vorteilhaft empfand. Kurzer Augenkontakt und schon sprach er mich in Deutsch an. Er hatte natürlich längst mitbekommen, dass wir Deutsche waren. Ich merkte wohl, dass er schon viel getrunken hatte, aber trotzdem verabredete ich mich mit ihm, nachdem ich ihm klargemacht hatte, dass ich eine sturmfreie Wohnung hätte. Ich gab Paul zu verstehen, dass er heute Abend ohne mich nach Hause gehen müsse, bezahlte und wartete auf der Straße auf Taufik. Er hatte einen Motorroller dabei und meinte, wir könnten zusammen fahren. Ich schwang mich auf den Sozius und ab ging die Fahrt über die Strandstraße. Im Appartement angekommen, servierte ich Taufik und mir ein Bier und noch weitere. Er erzählte mir, dass er verheiratet sei und zwei Kinder hätte. Aber er wünsche sich nichts mehr als einen Freund, am liebsten einen Deutschen. Das passte ja alles ganz gut, dachte ich. Dann erklärte er mir aber, dass er die Situation in seinem Land leid sei, denn er dürfe mit mir eigentlich keinen Kontakt haben, da er Polizist sei. Am liebsten würde er bei der Polizei kündigen, damit er mit mir unbehelligt über die Corniche schlendern könne. Das war mir dann doch alles zu kompliziert. Außerdem hatte ich ihn mitgenommen, um Sex zu machen, was ich versuchte ihm klarzumachen. Er wurde daraufhin sehr aggressiv, was mich doch ziemlich erschreckte. Ich sah dann auch ein, da er doch schon viel getrunken hatte, dass das nichts mehr brachte. Ich fragte ihn, ob es nicht besser wäre, wenn er jetzt nach Hause ginge. Das hätte ich besser nicht gesagt. Er guckte mich an, die Augen wurden immer größer. Er gab mir in einem sehr aggressiven Ton zu verstehen, dass er bestimme, wann er gehe. Ich war bereits seit einigen Jahren im Land und hatte schon viele Kerle abgeschleppt, aber dieses Mal hatte ich richtig Angst. So blieb mir nichts anderes übrig, als ihm immer Recht zu geben und beruhigend auf ihn einzureden. Schließlich versprach ich ihm, dass wir uns an einem anderen Tag treffen würden, was ihn dann doch bewegte zu gehen. Vom Balkon aus verfolgte ich, wie er sturzbetrunken mit seinem Motorroller davonfuhr. Ich habe ihn dann noch mehrmals hoch zu Ross in Polizei-Uniform gesehen. Er war augenscheinlich bei der berittenen Polizei und dort bestimmt besser aufgehoben als bei mir.

Geschäftseröffnung

Nachdem Mohammed alle Formalitäten erledigt hatte, legten wir den Termin für die Eröffnung des Fischgeschäftes auf den nächsten Freitag fest. Dieser Tag war günstig, weil das Geschäft direkt gegenüber der Moschee lag und am Freitag die meisten Menschen unterwegs waren. Wir hatten uns natürlich bereits überlegt, wie man die Aufmerksamkeit der Nachbarschaft wecken könne. Aus Deutschland hatten wir bunte Luftballons mitgebracht. Davon wurden einige an der Außenfront angebracht und weitere aufgeblasen zum Verteilen an die Kinder. Über die Kinder kommt man besser an die Mütter und Väter heran. Mohammed hatte morgens auf dem Großmarkt bereits eingekauft und verschiedene Fischsorten mitgebracht. Nachdem alles aufgebaut war, meinte er, er müsse noch einmal fort. Er hatte einen jungen Mann, der von Fisch Ahnung hatte, für den Verkauf engagiert. So stand ich den ganzen Tag zusammen mit Georg vor dem Geschäft. Die Leute waren begeistert, denn endlich tat einmal jemand etwas für die Kinder, das scheint in diesem Land nicht selbstverständlich zu sein. Der Umsatz war auch gut, aber Mohammed blieb den ganzen Tag verschwunden. Das konnten wir uns nun gar nicht erklären. Am Eröffnungstag sollte der Chef schon da sein. Außerdem hatte er keine Registrierkasse. Die Versuchung war groß, sich seinen Lohn gleich selbst auszuzahlen. Wir mussten dann aber lernen, dass der Patron nicht arbeitet, dafür gibt es Personal. Das entspricht so gar nicht unserer Mentalität. Würden wir doch erst einmal selbst mit anpacken und erst dann, wenn das Geschäft lief, jemanden einstellen. Später sind wir dahintergekommen, dass es Mohammed peinlich war, dass wir als Europäer etwas mit seinem Laden zu tun hatten. Es war doch für alle klar, dass wir finanziell dahintersteckten. Schließlich muss man ja den Schein wahren; ein weiterer Fall von Doppelmoral.

Einreiseverbot

Inzwischen waren wir im November des letzten Jahrtausends angekommen. Georg und ich beschlossen, die Jahrtausendwende in Berlin, unserer Hauptstadt, zu erleben. Wir ahnten nicht, dass es bis dahin noch einige Überraschungen geben würde. Ich stand auf dem Balkon. Friedel, der neben uns wohnte, nur zwei Etagen höher, rief mir von seinem Balkon aus zu, ob ich mal eben zu ihm rüberkommen könne, es gäbe da ein Problem. Voller Erwartung ging ich zu ihm. Er erzählte mir, dass er gerade einen Anruf von Martina und Heinz aus Sizilien bekommen hätte. Ich fragte: „Was machen die denn auf Sizilien?" Davon war doch noch nie die Rede gewesen. „Nein", sagte Friedel, „das stimmt. Das war auch eine Aktion, von der niemand etwas wissen sollte." Ich kannte die beiden bisher nur als sympathische Leute, mehr aber nicht. Friedel wusste natürlich wieder einmal mehr. Martina und Heinz waren ja schon viele Jahre in Tunesien. Anscheinend hatten sie sich nicht immer ganz korrekt durchgeschlagen bzw. Dinge gemacht, die zumindest nach den dortigen Gesetzen am Rande der Legalität waren. Friedel gab mir zu verstehen, dass sie wohl schon einmal ausgewiesen werden sollten wegen Beihilfe zur illegalen Prostitution. Das konnte wohl abgewendet werden und lag auch schon zwei Jahre zurück. Was jetzt vorgefallen war, wusste Friedel auch nicht so genau. Aber die beiden mussten ihr Dauervisum verlängern und da gab es Probleme. Sie waren sich nicht sicher, ob sie ein neues Visum bekommen würden, und waren mal eben so zur Probe nach Sizilien geflogen. Als sie über den Flughafen Tunis wieder einreisen wollten, wurde ihnen das verwehrt, und zwar ohne Begründung. Das ist auch vollkommen korrekt, denn nach internationalem Gesetz muss kein Land eine Begründung angeben, wenn es die Einreise verweigert. Das größte Problem war nun, dass sie die 10-jährige Sabine zurückgelassen hatten. Sie hatten wohl darauf spekuliert, dass wenn das Kind noch im Land sei, die Behörden sie wieder reinlassen würden. Da hatten sie eindeutig zu hoch gepokert. Das interessierte die Tunesier nicht. Heinz hatte Friedel gebeten, sich um Sabine zu kümmern. Sie lebte bei einer tunesischen Familie. Der Tunesier arbeitete im selben Hotel wie Martina und sprach fließend Deutsch. Friedel bat mich, ihn doch zu begleiten. Er brauchte wohl etwas moralische Unterstützung.

Martina und Heinz versuchten von Sizilien aus, mit den Botschaften Kontakt aufzunehmen, um doch wieder einreisen zu können, weshalb wir bei der tunesischen Familie und Sabine erzählten, die Rückkehr würde sich verzögern. Sabine hatte damit keine Probleme, sie fühlte sich in der Familie wohl. Sie hatten ein etwa gleichaltriges Mädchen, mit der Sabine sich gut verstand, sie sprach ja auch inzwischen fließend Arabisch.

Das Haus, das Martina und Heinz gemietet hatten, lag im gleichen Stadtteil wie das der tunesischen Familie. Sabine erzählte uns, dass sie Schlüssel vom Haus hätte und jeden Tag dorthin ging, um die Hunde zu füttern. So beschlossen wir, zusammen dorthin zu fahren und einmal zu schauen, was los war. Was uns dort erwartete, ist nur schwer in Worte zu fassen. Ein größerer Mischling lief außerhalb des Hauses im Vorgarten herum, während wir im Haus noch sechs weitere Hunde antrafen, davon vier Welpen. Sie waren alle sechs in der recht großen Küche eingesperrt, die bereits ganz zugekotet war. Sabine hatte den Tieren zwar Futter und Wasser gegeben, aber das war auch alles. Von einem 10-jährigen Mädchen konnte man natürlich auch nicht mehr erwarten. So war erst einmal putzen angesagt. Die größeren Hunde verfrachteten wir in den Garten, sodass nur die vier Welpen in der Küche blieben. Sie waren schon groß genug, um allein zu fressen, und brauchten ihre Mutter nicht mehr unbedingt. Wir machten das alles immer in der Hoffnung, dass Martina und Heinz in wenigen Tagen zurückkehren würden. Inzwischen hatte Heinz wieder angerufen und Friedel gebeten, von der Bank Geld zu überweisen. Sie hatten nämlich dort ein Gehaltskonto mit Guthaben. So fuhren wir zur Bank, mit einer Vollmacht, die Heinz gefaxt hatte, um Geld nach Sizilien zu transferieren. Wir sagten, dass es sich um eine Notlage handele und die beiden für den Rückflug das Geld brauchten. Dass sie evtl. nicht wiederkommen würden, sagten wir natürlich nicht. Außerdem waren wir auch noch nicht ganz sicher, wie die Angelegenheit wirklich ausgehen würde. So fuhren wir jetzt täglich in das Haus von Martina und Heinz, um die Tiere zu versorgen. Friedel hatte sich den Schlüssel von Sabine geben lassen. Sie fühlte sich bei der tunesischen Familie gut aufgehoben, sodass wir uns da keine Sorgen machen brauchten.

Café-Geschichten

Es blieb natürlich noch genügend Zeit für den deutschen Kaffeeklatsch. Friedel hatte mal wieder einige Jungs um sich geschart. Die Unterhaltung erfolgte meistens in Friedels arabisch-französischem Sprachgemisch und es ging immer um Sex. Den Burschen gefiel das gut, mir eher nicht, war dieses Niveau doch nicht wirklich mein Ding. Heute lernten wir Klara kennen. Eine ältere Deutsche, die schon einige Jahre in Sousse lebte und auch mit einem Tunesier liiert war. Sie erzählte, dass sie Probleme mit ihrem Vermieter hätte und in Kürze die Wohnung wechseln wolle. Friedel, hilfsbereit wie immer, versprach, ihr zu helfen. Später stellten wir fest, dass Klara alle paar Monate die Wohnung wechselte, weil es Probleme mit den Vermietern gab. Angeblich würde sie die Miete nicht oder nur sehr schleppend bezahlen. Es gibt also auch Deutsche, die nicht korrekt sind.

Die Geschäfte im Fischladen von Mohammed liefen nur schleppend, sodass wir immer noch die monatliche Miete bezahlen mussten. Außerdem hatte er ein Problem mit den Behörden. Geschäfte und Restaurants werden regelmäßig kontrolliert. Zu Mohammed kamen sie in kurzen Abständen. Vermutlich steckte der Fischhändler dahinter, der nur 500 m weiter seinen Laden hatte. Dem war Mohammed ein Dorn im Auge, was man auch verstehen kann. Jedenfalls bekam er die Auflage, seinen Fisch vom Großmarkt mit dem Kühlwagen befördern zu lassen. Es wurde im untersagt, den Transport mit seinem eigenen Waren vorzunehmen, da sonst die Kühlkette unterbrochen würde. Obwohl die Fahrt kaum mehr als 10 Minuten dauerte, ließ sich der Beamte nicht erweichen und verlangte die Quittungen für den Kühltransporter. In Deutschland wäre das vielleicht normal, aber hier? So stellte sich für uns gleich die Frage, was war eigentlich mit den ganzen fliegenden Händlern, die an den Eingängen zur Markthalle standen und Fisch verkauften? Der Fisch lag entweder lose in einer Kiste oder nur auf Papier, völlig ohne Eis. Das interessierte anscheinend niemanden.

Hassan-Abend

Es war wieder Mittwoch und Hassan hatte sich angemeldet. Das versprach doch ein netter Abend mit gutem Sex zu werden. Immerhin eine erfreuliche Nachricht. Hassan war pünktlich wie immer und diskret. Er hatte eine panische Angst, entdeckt zu werden, denn in unserem Haus wohnten außer einer tunesischen Familie nur Europäer. Hassan hatte mir bereits erzählt, dass er in Monastir noch eine tunesische Witwe beglücke. So sind sie eben, sie leben ihre Bisexualität aus, auch wenn es etwas schwierig ist, darf doch niemand etwas davon wissen. Dieses Mal brachte er noch einen Brief aus England mit. Er sprach zwar ganz gut Englisch, konnte aber nicht alles lesen, was ihm seine englische Freundin geschrieben hatte. Deshalb bat er mich, ihm zu helfen. Sie schrieb ihm, dass sie ihn über alles liebe und alle Hebel in Bewegung setzen würde, um ihn zu heiraten. Alle Stellen, die er nicht verstand, habe ich ihm dann in einfachen Worten erklärt. Er beichtete mir dann, dass er unbedingt nach England wolle und das ging, wie früher schon erwähnt, nur über eine Heirat. Nur wusste ich nicht so genau, wie er das anstellen wollte. Für ihn als Polizisten war es nicht möglich, eine Besuchserlaubnis in Europa zu bekommen. Blieb nur die Möglichkeit, in Tunesien zu heiraten. Das ging aber auch nicht, durfte er doch gar keinen Kontakt zu Europäer haben. Da biss sich also der Hund in den Schwanz. Mir war das eigentlich egal, wusste ich doch, dass Tunesier von Illusionen leben und träumen. Ich hatte auch an diesem Abend wieder geilen Sex mit ihm. Obwohl er auch auf Frauen stand, wusste er doch, worauf es bei mir ankam, und er erfüllte alle meine Wünsche. Das ist nicht selbstverständlich, wie gesagt, sie leben ihre Bisexualität aus, aber wenn es darauf ankommt, gehen sie doch zu einer Frau. Da ist schon der Druck von der Gesellschaft groß genug. Homosexualität ist offiziell verboten und wird auch von der Gesellschaft nicht akzeptiert. Hinter verschlossener Tür spielen sich trotzdem aufregende Dinge ab, jedenfalls mehr, als ich mir je erträumt hätte, und es sollten noch einige folgen.

Das endgültige Aus

Am Morgen stand ich auf dem Balkon. Für Dezember war es sehr mild, die Sonne schien und ich hatte mich mit Georg verabredet, einen langen Spaziergang am Strand zu machen. Meine Vorfreude währte allerdings nicht lange. Friedel erschien auf seiner Terrasse und gab mir zu verstehen, dass ich doch einmal zu ihm rüberkommen solle. Ich sagte zu Georg: „Ich gehe mal eben zu Friedel rüber, da scheint wieder irgendetwas im Busche zu sein." Friedel empfing mich schon ganz aufgeregt an der Tür. „Stell dir vor", sagte er, „Martina und Heinz kommen nicht zurück, Heinz hat mich gerade angerufen." Das nächste Problem war jetzt, wir mussten Sabine klarmachen, dass ihre Eltern nicht zurückkämen und sie allein nach Deutschland fliegen müsse. Außerdem hatten Martina und Heinz inzwischen Friedel beauftragt, den Haushalt aufzulösen. Heinz hatte eine Liste geschickt mit allen Möbeln und Gegenständen, die zu verkaufen waren, und die Preise dazugeschrieben, die er sich vorstellte. Da kam nun einiges auf uns zu. Zunächst meldeten wir uns im Hotel an, wo Martina und Heinz bisher gearbeitet hatten. Beide hatten noch Gehalt zu bekommen. Der Direktor war sehr nett, er sprach fließend Deutsch, was die Sache erheblich einfacher machte. Wir erklärten ihm, dass seine beiden Angestellten nicht mehr zurückkommen würden und sie darum bäten, mit dem ausstehenden Gehalt einen Flugschein für Sabine zu kaufen. Er war sofort einverstanden und versprach uns, dafür zu sorgen, dass das Kind unbeschadet nach Deutschland käme. Wenn es um Kinder geht, sind Tunesier besonders hilfsbereit. Am nächsten Tag suchten wir Sabine in ihrer tunesischen Pflegefamilie auf. Sie nahm die Sache ziemlich locker und unbekümmert auf. In welcher schwierigen Situation sich ihre Eltern gerade befanden, kann natürlich ein Kind in dem Alter noch nicht ahnen. So beschlossen wir, gemeinsam zum Haus zu fahren, um für Sabine die Koffer zu packen. Es wurden dann drei große Koffer, voll mit Garderobe, Spielzeug und wunderschönen Puppen. Sabine wollte natürlich alles mitnehmen, was ihr gehörte. Es war dann ziemlich schwer, ihr klarzumachen, dass sie mit drei Koffern schon erhebliches Übergepäck hätte. Gemeinsam fuhren wir zur Pflegefamilie zurück und deponierten auch dort die Koffer. Es waren einige Tage vergangen und Friedel bekam die Information vom Hotel, dass man für die nächste Woche einen Flug nach Düsseldorf gebucht hätte. Das hörte sich recht gut an, hatten wir doch dann ein Problem weniger. Friedel erzählte mir: „Stell dir vor, heute war der Pflegevater von Sabine bei mir." „Na und", sagte ich, „was wollte der denn?" „Ja, er verlangte die Schlüssel von den Koffern." „Hast du sie ihm denn gegeben?", erwiderte ich. „Nein, ich habe doch gar keine. Ich habe ihm aber gesagt, dass die Koffer auch nicht abgeschlossen wären." „Was wollten die denn auch mit den Schlüsseln?", fragte ich. „Na ja, Sabine wollte noch etwas zum Anziehen für die Reise daraus haben." Später erfuhren wir, nachdem Sabine in Deutschland angekommen war, dass die Koffer ziemlich geplündert waren. Alle warmen Sachen hatte die Gastfamilie entnommen, um es etwas vorsichtig auszudrücken. Um Sabine brauchten wir uns jetzt nicht mehr zu kümmern, das wurde alles vom Hotel erledigt. Allerdings war da noch immer das Haus mit den vielen Hunden. Jetzt waren wir täglich damit beschäftigt, den nicht gerade kleinen Haushalt aufzulösen. Georg hatte sich bereit erklärt mitzuhelfen. So packten wir die Kleidung in die noch vorhandenen Koffer und große Plastiksäcke. Heinz hatte Friedel informiert, dass in Kürze eine deutsche Bekannte, die laufend mit dem Lkw von Deutschland nach Tunesien und zurück unterwegs sei, die Sachen abhole. Nach getaner Arbeit wollten wir mal wieder Kaffee trinken im Café La Plage. Dort waren wie immer einige Deutsche versammelt. Man hatte sich schon gewundert, dass wir nur noch so selten zu sehen waren. Heute war auch Klara da. Sie kannte Martina und Heinz auch sehr gut und bedauerte, dass sie nun nicht zurückkommen konnten. Klara war zwar sehr nett, aber eine Klatschbase. Wir hätten ihr besser nichts erzählt, denn das hatte für uns noch unangenehme Folgen. Da wir für unsere Wohnung auch noch Möbel gebrauchen konnten, hatten wir mit Friedel vereinbart, dass wir die Couch-Garnitur und andere Möbelstücke für TD 300,– übernehmen. So versuchte er, alles, was auf der Liste von Heinz stand, an den Mann oder die Frau zu bringen. Für den nächsten Tag hatte Mohammed einen Klein-Lkw besorgt, damit wir die Möbel abtransportieren konnten. Plötzlich erschien der Vermieter, er war ziemlich aufgeregt und erklärte uns in energischem Ton, dass ohne sein Okay kein Stück das Haus verließe. Wir waren völlig überrascht und fragten, was ihn denn so in Rage brächte. Er erklärte uns, dass Martina und Heinz die letzten drei Monatsmieten schuldig seien und er die Möbel selbst verkaufen würde, um an sein Geld zu kommen. Außerdem hatte er die Hunde beschlagnahmt. Es waren immerhin außer dem Mischling sechs Rassehunde, davon vier Welpen. Er versprach sich davon einen guten Erlös. Wir haben natürlich sofort eingesehen, dass der Vermieter im Recht war. Aber wir wollten auch die Möbel haben, die wir schon in der Garage zum Abtransport bereitgestellt hatten. Mohammed wartetet auch schon etwas ungeduldig, hielt sich aber im Hintergrund. Wir schlugen dem Patron vor, dass wir für die Möbel, für die wir mit Heinz einen Preis von TD 300,– ausgehandelt hätten, bereit wären, ihm das Geld zu geben. Heinz würden wir entsprechend informieren. Er willigte sofort ein. So konnten wir beginnen, alles auf den Lkw zu laden. Während wir noch rätselten, wie der Patron dahintergekommen war, dass wir das Haus räumten, erfuhren wir, dass Klara einen Bekannten angerufen hatte, der wiederum den Patron kannte und ihn darüber informierte, dass Martina und Heinz nicht wieder kommen würden und wir das Haus räumten; so schloss sich der Kreis. Hatten wir diese Unannehmlichkeiten also Klara zu verdanken? Immerhin hatten wir nun auch die Hunde vom Hals. Der Vermieter nahm sie nämlich sofort mit. An den folgenden Tagen packten wir die Bekleidung von Martina und Heinz in große Säcke. Außerdem durchforsteten wir das Büro von Heinz. Dort stießen wir auf Akten, aus denen hervorging, dass Heinz in Deutschland mit Haftbefehl wegen Unterschlagung gesucht wurde. Jetzt wurde uns auch klar, warum die beiden unbedingt nach Belgien reisen wollten. Wenig später meldete sich die Bekannte mit dem Lkw und holte alle von uns verpackten Sachen ab. Das Haus konnten wir dann an den Vermieter zurückgeben, womit ein Abenteuer abgeschlossen war. Die nächsten Tage verliefen etwas ruhiger, denn das Jahr neigte sich dem Ende zu. Wir bereiteten unsere Reise nach Deutschland vor, um die Jahrtausendwende ich unserer Hauptstadt Berlin zu verbringen. Etwas Abwechslung nach diesen aufregenden Wochen tat uns ganz gut. Friedel fragte mich, ob ich ihm denn Medikamente mitbringen könne bei unserer Rückkehr. Er musste täglich Medikamente einnehmen, und da diese ihm von seinem Bonner Arzt verschrieben wurden, hatte er ein Transportproblem. Er hatte bereits seine Familie informiert, die dann die Medikamente bei uns in Bonn vorbeibringen sollte. So geschah es dann auch. Über Friedels Krankheit hatte ich mir bis dahin eigentlich keine Gedanken gemacht. Immerhin war er schon mit Anfang 40 Frührentner. Bei unserer Rückkehr im neuen Jahrtausend brachte ich die Medikamente sofort zu Friedel. Er war sehr froh und meinte, wenn ich ihm schon seine Pillen mitbringen würde, wüsste ich ja nun auch, welche Krankheit er habe. Ich verneinte das, bin ich in manchen Dingen doch etwas harmlos. „So“, meinte er, „na, das steht doch auf den Packungen drauf, wofür das ist.“ „Schon möglich“, sagte ich, „aber da habe ich wirklich nicht draufgeguckt.“ So erfuhr ich jetzt, dass Friedel HIV-positiv wäre und die Krankheit auch schon ausgebrochen sei. Sie war nur mit den vielen Tabletten, die er täglich schlucken musste, unter Kontrolle zu halten. Ein bisschen komisch war mir jetzt aber doch. Man stelle sich vor, der tunesische Zoll hätte meinen Koffer kontrolliert. Selbst wenn es mir gelungen wäre, klarzumachen, dass die Medikamente nicht für mich seien, hätte ich Friedel ans „Messer“ liefern müssen. Einer von uns beiden wäre bestimmt sofort ausgewiesen worden oder sogar wir beide. Die ganze Angelegenheit war mir schon ziemlich unheimlich. Ich überlegte, ob Friedel wohl so verantwortungsbewusst sei und bei seinen häufig wechselnden Sexpartnern Kondome benutze. Ich hatte da große Zweifel.

Fischladen ade

Inzwischen hatte sich die nächste Katastrophe ereignet. Mohammed hatte sein Auto zu Schrott gefahren, natürlich mit besoffenem Kopf. Er hatte, wie er berichtete, mehrere Blumenkübel über den Haufen gefahren, aber zum Glück keine Personen verletzt. Der Wagen hatte Totalschaden. Sein ehemaliger Chef vom Hotel, mit dem er noch immer Kontakt hatte, bot ihm seinen Klein-Lkw an zu einem günstigen Preis. Also wurde der Wagen gekauft. Allerdings war Georg zusammen mit Mohammed das Fahrzeug erst besichtigen gefahren. Georg fand den Wagen aber in Ordnung, sodass der Kauf zustande kam.

Kurz darauf haben wir uns dann aber entschlossen, mit dem Fischgeschäft Schluss zu machen. Eine richtige Existenz war das nicht, der Laden machte nur Verluste. Mohammed ließ den jungen Verkäufer auch viel zu oft allein. Na, und ob er sich nicht heimlich an der Ladenkasse bediente, wer wusste das schon.

Mohammed war dann auch sofort einverstanden, das Geschäft zu schließen, und eröffnete uns, dass er Fisch eigentlich hasse und ihm das alles nie wirklich Freude gemacht hätte. Er hatte sich wohl zu Anfang darauf verlassen, dass Khalifa alles regelte, aber das war ja sprichwörtlich in die Beinkleider gegangen.

Mohammed hatte allerdings schon wieder eine neue Idee, Geld zu verdienen. Er erzählte uns, dass er einige Personen kenne, dazu gehörte auch eine Frau, die immer nach Ägypten fahren würden.

Sie würden dort alles Mögliche billig einkaufen, über Libyen nach Tunesien transportieren und in Tunesien mit hohem Gewinn verkaufen. So gut fanden wir das Vorhaben nun auch wieder nicht. Aber Mohammed ließ sich das nicht ausreden. Dieses Mal wollte er ein gutes Geschäft machen. Nur, von Sousse bis Kairo, das waren bestimmt 2000 km. Alles kein Problem, sie wollten mit mehreren Wagen im Konvoi fahren, Mohammed natürlich mit seinem Wagen. Etwas beruhigt waren wir dann doch, als uns Mohammed eröffnete, dass sie nur bis zur libysch-ägyptischen

Grenze fahren würden und die Autos in Libyen zurückblieben. Dann wollten sie mit dem Bus weiterfahren. Außerdem hätte die Gruppe, der er sich anschließen wollte, das schon öfter gemacht und es hätte immer gut geklappt. Nun ging es wieder einmal ums Geld. Mohammed hatte die Kühltheke aus dem Fischladen sowie einige andere Sachen verkauft und meinte, wenn wir ihm seine Dinare in DM umtauschen würden, käme er schon klar. Wir ließen uns ein weiteres Mal erweichen und haben dann den Betrag noch etwas aufgestockt, sodass er mit ca. DM 1000,– reisen konnte. Das war für die Verhältnisse dort unglaublich viel Geld. Mohammed verabschiedete sich und meinte, dass er wohl in ungefähr vier Wochen zurück wäre.

Einladung bei Friedel

Als ich aus dem Haus kam, lief mir Friedel über den Weg. Er fragte mich, ob ich Lust hätte, heute Abend zu ihm in die Wohnung zu kommen. Ramsi und sein Freund kämen auch. Ich sagte sofort zu. Ramsi gefiel mir gut und ich hatte mich schon richtig in ihn verknallt, ohne dass überhaupt schon etwas vorgefallen war. Er war einfach nur schön, sprach ein wenig Deutsch und war sehr gepflegt, was mir besonders gut gefiel. Nur, da war immer noch Friedel und ich wusste nicht, wie ich mich verhalten sollte. Der Abend verlief sehr harmonisch. Ramsi und sein Freund meinten, es wäre Zeit zu gehen. Ich witterte meine Chance und sagte: „Ach, dann gehe ich auch gleich mit." So verabschiedeten wir uns von Friedel und begaben uns auf die Straße. Nun waren es ja zu mir nur ein paar Schritte. Das Herz klopfte mir bis zum Hals, so was passiert einem eigentlich nur mit 18, aber in meinem biblischen Alter? Ich wollte mich von beiden verabschieden, schweren Herzens, da fragte mich Ramsi, was ich denn heute Abend noch vorhätte. Ich erwiderte: „Ach, eigentlich nichts, ich wollte noch etwas Fernsehen gucken und dann schlafen gehen." Er meinte dann, ob es ein Problem wäre, wenn er mit zu mir käme? Es hätte inzwischen angefangen zu regnen und der Weg nach Hause wäre bei dem Wetter doch zu weit. Ich sagte: „Nein, natürlich nicht. Ich bin allein, du kannst gern mit raufkommen, aber was ist mit deinem Freund?" „Ach, der geht schon allein nach Hause, ich sage ihm Bescheid." So habe ich meinen Traummann dann doch noch bekommen und hatte die feste Absicht, nur noch ihm treu zu sein, ich war verliebt wie ein Jüngling. Hassan konnte und wollte ich jetzt auch nicht mehr treffen, Ramsi war mir einfach genug. Am nächsten Tag erzählte ich Friedel von meinem nächtlichen Abenteuer. Friedel war hocherfreut und meinte: „Da hast du aber einen guten Fang gemacht. Ramsi ist nicht nur schön, er ist charaktermäßig sehr nett und ganz anders als die anderen Tunesier. Dem kannst du blind vertrauen." Nun gut, wenn Friedel das sagte, er hatte die Erfahrung und außerdem hatte ich mit Ramsi ein gutes Gefühl. Wir trafen uns jetzt alle paar Tage und ich war glücklich. Georg war ja im Moment allein, von Mohammed hatte er noch nichts gehört. Ihm gefiel Ramsi auch sehr gut und abends ging er dann immer diskret in die andere Wohnung, damit ich mit Ramsi die Nacht verbringen konnte. Eines Nachmittags, wir saßen mit Ramsi im Café la Plage, erzählte dieser mir, dass er mit seinem Bruder nach Nabeul fahren wolle. Sein Bruder war nämlich Fischer, er wollte sich dort ein Boot anschauen und evtl. kaufen, um sich selbstständig zu machen. Er müsse aber noch nach Hause fahren, er wohnte mit Bruder und zwei Schwestern zusammen, um einige Papiere zu holen. Dann wollten wir zu mir fahren, dort den Abend und die Nacht verbringen. Am nächsten Morgen wollte er sich mit seinem Bruder treffen und nach Nabeul fahren. Es verging eine Stunde, es verging eine weitere Stunde. Ramsi tauchte nicht auf. Ich sagte zu Friedel, der inzwischen auch erschienen war, dass ich das komisch fände. Friedel verstand das auch nicht, er meinte, wir sollten uns noch keine Sorgen machen, Ramsi sei korrekt und außerdem, warum sollte er nicht zurückkommen? Schließlich wurde uns das Warten zu lang und wir gingen nach Hause. Wenn Ramsi noch kommen würde, er wusste ja, wo ich wohnte, und würde bestimmt dorthin kommen. Aber Ramsi kam nicht und meldete sich auch am nächsten und den darauffolgenden Tagen nicht. Schließlich sprach ich Friedel noch einmal auf Ramsi an, denn ich war völlig ratlos, was geschehen sein könnte. Da meinte Friedel ganz trocken: „Fahren wir doch einfach zu seiner Wohnung, ich weiß, wo er und seine Geschwister wohnen." Ich erwiderte: „Warum hast du mir das denn nicht gleich gesagt? Natürlich fahren wir sofort dorthin." Friedel war einverstanden. Ramsi wohnte im Stadtteil Salinas, das ist zwischen Sousse und dem Flughafen Monastir, in einem Neubaugebiet. Also rauf in die zweite Etage und klopfen. Es war jemand zu Hause, nämlich sein Bruder und eine Schwester. Friedel fragte dann gleich, wo denn Ramsi sei, sie wollten doch zusammen nach Nabeul fahren. Der Bruder meinte dann lakonisch: „Als wir an dem Abend auf das Taxi gewartet haben, hielt an der Hauptstraße ein Geländewagen von der Militärpolizei. Die haben uns kontrolliert. Mich haben sie in Ruhe gelassen, ich brauche noch nicht zum Militär, aber Ramsi sollte eingezogen werden, hat sich aber verweigert. So haben sie ihn gleich mitgenommen. Er wird jetzt wohl im Gefängnis sitzen." Und wie lange das dauerte, das wüsste er natürlich auch nicht. Das waren ja schöne Nachrichten. Jetzt hatte ich gedacht, einen netten Freund zu haben, und die Militärpolizei fängt ihn mir von der Straße weg. Ich habe dann den Bruder gebeten, den genauen Aufenthaltsort von Ramsi ausfindig zu machen, damit ich ihm etwas Geld ins Gefängnis schicken könne. Das hat auch geklappt, sodass ich Ramsi einmal im Monat TD 20,– überweisen konnte.

Jetzt standen wir beide allein da. Mohammed war nun schon über vier Wochen weg und hatte sich immer noch nicht gemeldet. Georg wurde langsam sauer. Doch endlich klingelt das Telefon, wer ist am anderen Ende? Mohammed! Er spricht sehr aufgeregt und berichtet, dass die Gruppe in Alexandria auf dem Rückweg zur libyschen Grenze sei. Sie hätten in einem Hotel mit Gemeinschaftsraum übernachtet und dort hätte man ihm sein Geld gestohlen. Er sagte zu Georg: „Du musst sofort kommen, ich weiß nicht mehr weiter." Georg antwortete: „Wie stellst du dir das denn vor? Ich bin hier in Tunesien. Wie soll ich denn jetzt von hier nach Alexandria kommen, nein, das geht nicht, da musst du jetzt allein durch. Außerdem bist du doch nicht allein, ihr seid doch in einer Gruppe." Das hat er schließlich auch eingesehen und gemeint, es würde schon irgendwie klappen. Da sie bereits auf dem Rückweg waren und vermutlich unterwegs eingekauft hatten, konnte auch nicht das ganze Geld weg sein. Georg war sauer, er meinte: „Wenn er nicht zurückkommt, muss er eben in Ägypten bleiben, ich kann es auch nicht ändern."

Café La Rose

Heute Abend bin ich mit Paul im La Rose verabredet, Georg kommt auch mit, hat auch keine Lust, allein im Haus herumzusitzen. Wir trinken unseren Kaffee. Plötzlich steuert ein großer, schlanker Tourist auf unseren Tisch zu. Er begrüßt Paul herzlich. Paul stellt uns vor. „Das ist Rudi, wir kennen uns aus Berlin. Wir wohnen im selben Stadtteil, nur eine Straße weiter." Rudi berichtet uns, dass er seit einigen Monaten im Altstadthotel gewohnt hätte. Jetzt hatte er eine Wohnung ganz hier in der Nähe gefunden. Er hätte sich entschieden, für länger in Sousse zu bleiben, und eine Wohnung sei dann komfortabler. Natürlich, ins Hotel kann man niemanden abschleppen, das verstehen wir gut. Die nächsten Abende und Wochen mit Rudi gestalteten sich dann ziemlich interessant. Rudi hatte einen jungen Tunesier kennengelernt. Der ließ sich aber im Café La Rose nie blicken. Wenn wieder ein Rendezvous fällig war, schickte er einen Kurier. Also wohl einen Freund, der dann Rudi Bescheid gab, dass er vor Rudis Haus auf ihn warte.

So vergingen die nächsten Wochen. Während ich, da Ramsi nicht in Sicht war, wieder auf Hassan zurückgriff, lebte Georg immer noch monogam, d. h., er wartete auf Mohammed. Es waren nun drei Monate ins Land gezogen, wir waren mal wieder für einige Tage in Bonn gewesen, um nach dem Rechten zu sehen. Plötzlich stand Mohammed vor der Tür. Er kam rein, Küsschen hier, Küsschen da und tat so, als wäre er gestern erst abgereist. Er meinte dann, ja, es hätte dann doch noch alles ganz gut geklappt und die ägyptische Polizei hätte den Taschendieb festgenommen. Sein Geld habe er zurückbekommen und eingekauft hätte er viele schöne Dinge, u. a. ein Ess- und Kaffee-Service, mehrere Teppiche und einiges mehr. Allerdings war es uns ein Rätsel, wie er alles bis an die libysche Grenze transportiert hatte, da dort ja das Auto stand. Dahintergekommen sind wir aber auch nie wirklich. Tunesier darf man übrigens nichts fragen, entweder sie erzählen einem alles von selbst oder gar nichts. Und Mohammed war ein gutes Beispiel dafür.

Der Motorradfahrer

Einige Häuser die Straße hinauf wohnt Ferres mit seinen Eltern. Der Vater, ein sehr höflicher, netter Mann, arbeitet viel, und zwar auf einer Plantage, einer Art Baumschule. Er hat etwas fertig gebracht, was hier sehr selten ist, nämlich die Verschönerung der Straße. Dafür hat er alle Hausbesitzer angesprochen und sie überredet mitzumachen, Bäume zu pflanzen. Das geht anscheinend ohne behördliche Genehmigung. Jedenfalls fuhr eines Tages ein Lkw vor, beladen mit jungen Bäumen. Die wurden dann nach und nach auf die ganze Straße verteilt und eingepflanzt. Ferres, sein Sohn, hatte die Arbeit aber nicht erfunden. Er war jung und sah recht gut aus. So hatte er viele Chancen bei den Mädchen. Und da es in Sousse viele Touristinnen gibt, die nicht abgeneigt sind, sich mit einem gut aussehenden Tunesier einzulassen, hat er das Angenehme mit dem Nützlichen verbunden. Ferres kam meistens mit dem Motorrad den Berg hochgerast, die langen Haare flatterten im Wind. Eines Nachmittags, ich kam gerade aus dem Haus, kam Ferres zu Fuß an, einen großen Briefumschlag unter dem Arm. Er sprach mich in einem ziemlich guten Deutsch an: „Kannst du mir helfen?" Ich sagte: „Ja, vielleicht, was gibt es denn?" „Ich habe hier Post bekommen vom Amtsgericht in Dresden. Ich verstehe nicht genau, was die von mir wollen, aber ich soll wohl nach Deutschland kommen, weil meine Frau sich von mir scheiden lassen will." „Wie", sagte ich, „du bist mit einer Deutschen verheiratet?" „Ja, schon seit zwei Jahren, aber ich war nach der Hochzeit nur zwei Wochen in Dresden und jetzt will meine Frau sich scheiden lassen. Aber ich will das nicht, ich liebe meine Frau doch." Das muss ich nun wieder nicht alles verstehen und sage zu ihm: „Gibt mir mal den Brief, ich lese mir das alles einmal durch." Gesagt, getan und ich erkläre ihm, was in dem Schreiben vom Gericht steht. „Also, das hier ist die Scheidungsklage deiner Frau. Da steht wohl, dass du zu dem angegebenen Termin nach Dresden vorgeladen bist, aber nicht unbedingt erscheinen musst. Die Ehe wird auch in deiner Abwesenheit geschieden." „Nein", erwidert er, „ich will nicht geschieden werden, ich liebe doch meine Frau." „Das wird dir aber nichts nützen. Die deutschen Gesetze sind da etwas anders als in Tunesien. Du kannst die Scheidung nicht verhindern." „Wieso nicht?" „Das Gericht schreibt, dass du mit deiner Frau nur 14 Tage die Ehe vollzogen hast und diese wegen der kurzen Dauer hinfällig ist." „Ja, wenn das so ist, kann man wohl nichts machen. Aber ich weiß auch, dass die Frau für den Mann auch Unterhalt zahlen muss. Ich bin ja arbeitslos und habe kein Einkommen, also muss meine Frau für mich bezahlen." Ich denke so bei mir, na, das könnte dir so passen. „Nein, nein", sage ich. „Das Gericht schreibt ausdrücklich, dass ein Unterhaltsanspruch entfällt, wegen der Kürze der Ehe, und außerdem verdient deine Frau so wenig, dass das nicht infrage kommt." „Ja, was muss ich denn jetzt machen?" „Nichts", sage ich, „du wirst Bescheid bekommen, wenn die Scheidung rechtskräftig ist." „Na dann, vielen Dank und bes lamma!" Einige Wochen später kommt Ferres wieder mit dem Motorrad angebraust. Auf dem Sozius zwei bildhübsche Mädchen. Er sagt: „Jetzt bin ich geschieden und mir geht es ganz schlecht. Die Mädchen laufen mir alle weg. Ich habe hier zwei, wie findest du sie?" Ich erwidere: „Ah, die sind aber sehr hübsch."

„Das finde ich auch", meint er. „Ich habe mir überlegt, die vermiete ich jetzt im Sommer, wenn die Libyer und Algerier kommen, davon lebe ich dann." „Na", sage ich, „das ist eine gute Idee", und denke bei mir, träume du ruhig deine Träume weiter.

Der Sousser Balkonsturz

Inzwischen sind einige Monate vergangen, Mohammed hat immer noch keine Arbeit und der Verkauf der Waren aus Ägypten war auch kein großer Erfolg. Jedenfalls haben wir von den DM 1000,– nichts wiedergesehen. Wieder eine verlustreiche Aktion abgeschlossen. Mohammed ist jetzt viel unterwegs und kommt nicht mehr jeden Abend nach Hause. Auf die Fragen von Georg antwortet er nur ausweichend. Er lässt allerdings durchblicken, dass sein Bruder auf das Haus seiner Mutter eine Etage aufgesetzt hätte und er dabei wäre, die nächste Etage für sich zu bauen. Wie er das alles finanziert? Inschallah! Er bekommt zwar von Georg Taschengeld, aber eine Wohnung davon bauen? Das dürfte doch schwierig sein.

Wir sitzen mal wieder im Café La Plage, ich reibe mir die Augen, wie der Phönix aus der Asche steht Ramsi plötzlich vor mir. „Das ist aber eine Überraschung", sage ich, „wo kommst du denn her?" „Ich komme gerade aus dem Gefängnis, aber ich kann nicht mehr bei meinen Schwestern wohnen, was soll ich machen?" Da sich meine Gefühle für Ramsi immer noch nicht abgekühlt haben, biete ich ihm an, vorläufig bei mir zu wohnen. Platz haben wir genug und Ramsi gilt als sehr zuverlässig, von Friedel werde ich darin bestärkt. Tage und Wochen später, Ramsi hat sich bei mir eingelebt, er hat einen Schlüssel von der Wohnung, alles läuft normal. Nur an diesem frühen Abend wird die vermeintliche Ruhe jäh unterbrochen. Georg ist noch bei mir in der Wohnung und kocht das Abendessen. Es erscheint Mohammed, ich merke gleich, leicht angetrunken. Mit Ramsi, der auch da ist, hat er ein Problem. Er mag ihn nicht, ist das Eifersucht? Er hat jedenfalls immer dafür plädiert, dass ich mir einen festen Freund anschaffen soll. Jetzt, wo ich einen habe, ist es auch wieder nicht richtig. Die tunesischen Männer soll einer verstehen. Plötzlich geht Mohammed auf den Balkon und klettert auf die Brüstung. Ich hinterher und rufe: „Was machst du denn da, komm da sofort runter!" Keine Antwort, Mohammed klettert weiter auf dem Sims an der Hauswand entlang. Irgendwann geht es aber nicht weiter und er weiß nicht mehr, wohin er sich wenden soll. Vorwärts geht nicht, rückwärts ist auch schwierig. Während ich versuche, ihn mit der Hand zu erreichen, sehe ich ihn schon durch die Luft fliegen. Er schlägt mit dem Kopf und dem Rücken auf dem Steinbogen der vorderen Haustür auf und fällt dann noch ca. 3 Meter bis in den Innenhof. Ich schreie: „Um Himmels willen, Mohammed ist abgestürzt, er liegt unten im Hof!" Mit Ramsi und Georg laufe ich die zwei Etagen nach unten. Dort liegt Mohammed besinnungslos in einer Blutlache. Mein erster Gedanke, der ist tot. Ich beuge mich zu ihm runter, fasse ihn an, nein, er lebt, ist aber nicht ansprechbar. Jetzt muss gehandelt werden. Ramsi läuft sofort zum nächsten Telefon und ruft die Ambulanz an, dann ist er verschwunden. Er hat natürlich Angst, weil es Probleme mit der Polizei geben könnte, wenn er mit Touristen zusammen gesehen wird. Die Ambulanz ist auch nach 10 Minuten da. Jetzt haben wir niemanden, der erklären kann, was passiert ist, die Tunesier sind alle verschwunden. Ich kann den Sanitätern mit meinem wenigen Französisch aber verständlich machen, dass Mohammed von seinem Balkon gefallen ist, der direkt neben unserem liegt. Die glauben das auch. Während der Arzt untersucht, versuche ich klarzumachen, dass sie Mohammed mitnehmen müssen ins Krankenhaus. Der Sanitäter meint aber, dass würde der Arzt entscheiden. Hier ticken die Uhren eben anders. Bei uns hätte man ihn ohne viel Lamento sofort in den Krankenwagen gepackt und ins Krankenhaus gefahren. Schließlich entscheidet der Doktor aber doch zu meiner großen Erleichterung, ihn mitzunehmen. Den Rest des Abends verbringt Georg bei mir. Wir sind beide erregt und aufgewühlt, sodass an Schlafen nicht zu denken ist. Mittlerweile ist Mitternacht vorbei, plötzlich klopft es an der Tür. Ich öffne und wer steht draußen? Mohammed! Den Arm verbunden, eine Kanüle steckt auch noch drin. Er sagt zu Georg: „Geh runter und bezahle das Taxi. Ich bin aus dem Krankenhaus abgehauen." Georg bezahlt also das Taxi und bringt Mohammed in die andere Wohnung direkt ins Bett. Die nächsten Tage kümmert sich Georg wie eine

Krankenschwester um Mohammed. Dieser ist völlig hilflos. Vermutlich hat er eine Gehirnerschütterung. Georg muss ihn füttern und zur Toilette begleiten. Nach einer Woche geht es ihm dann aber wieder besser. Da war er dem Tod noch einmal von der Schaufel gesprungen.

Rudi bekommt Besuch

Rudi war früher einmal verheiratet und hat aus dieser Ehe eine Tochter, zu der er einen guten Kontakt pflegt. So kommt es, dass das Töchterlein, auch schon Ende 30, sich zu Besuch bei ihrem Papa anmeldet. Nun wohnt Rudi zwar allein, will aber, während seine Tochter da ist, nicht ganz auf seinen tunesischen Freund verzichten. Das ist der, der immer den Kurier schickt. Tochter Karin weiß natürlich, dass ihr Vater schwul und deshalb in Tunesien ist. So bleibt es nicht aus, dass sich Karin und Adel kennenlernen. Jetzt hat Rudi aber wohl die Rechnung ohne seine Tochter gemacht. Rudi ist nicht zu Hause und lässt Karin und Adel allein zurück und das hat Folgen. So treffen wir Rudi im Café La Plage. Er ist völlig außer sich. „Stellt euch das einmal vor, Karin hat mir Adel ausgespannt." „Karin weiß doch aber, dass du einen Klüngel mit Adel hast, wie kann sie denn so etwas machen?" „Das ist ihr egal." „Was sagt denn Adel dazu?", frage ich. „Das ist ja nun die größte Frechheit, der sagt doch tatsächlich, ich bin mit dir nur ins Bett gegangen, weil ich das Foto von Karin gesehen habe. Ich habe nur auf sie gewartet." „Na", sage ich, „das kann wohl nicht stimmen. Als er das erste Mal bei dir war, hat er von Karin noch nichts gewusst, auch nicht, dass du überhaupt eine Tochter hast." Aber so sind die Männer hier, „Loch ist Loch, hätt' ich meinen Taler noch!" Rudi sagt: „Ich war so wütend, ich habe das Bild von Karin genommen und ihr mit Bilderrahmen vor die Füße geschmissen." Das nützt nun alles nichts, die Männer hier sind eben bisexuell und entscheiden sich im Zweifel für die Frau. Mit einem Mann kann man ja trotzdem noch zwischendurch was machen, darf nur niemand merken. Tage später ist Karin abgereist und ließ ihren Vater wissen, dass sie Adel nach Berlin holen würde. Sie wolle alles in die Wege leiten zwecks Heirat. Das ist die einzige Möglichkeit, einen Tunesier dauerhaft in die EU einzuschleusen. Sie hat es dann wirklich in einer Rekordzeit von drei Monaten geschafft, zu heiraten und

Adel nach Berlin nachkommen zu lassen. Dort lebten sie drei Jahre zusammen. Wiederum im Rekordtempo hat er die deutsche Staatsbürgerschaft beantragt und auch bekommen. Dann war es aus mit der Liebe. Karin und Adel haben sich getrennt. Jetzt soll er in England leben und dort verheiratet sein und Kinder haben. Sowohl Rudi als auch Karin waren nur Mittel zum Zweck.

Das Fischerboot

Eines Abends eröffnete mir Ramsi, das er jetzt mit seinem Bruder einig wäre, ein Boot zu kaufen. Eine andere Arbeit finde er nicht und zusammen mit seinem Bruder, der Fischer sei, würde das bestimmt gut klappen. Sein Bruder hätte auch schon ein kleines Fischerboot in Aussicht. „Es soll 3000 Dinar kosten, kannst du mir helfen und mir das Geld geben?" „Ja", sage ich, „kann ich schon, aber für 3000 Dinar ein Boot?" Ramsi meint: „Nun, das ist auch nur ein kleines Boot, mit dem wir nur in der Nähe der Küste fischen können. Wir wollen Tintenfische fangen, die sind in Tunesien sehr beliebt und lassen sich gut verkaufen. Wir brauchen dafür dann noch kleine Tongefäße, was die kosten, weiß ich noch nicht, aber die können wir dann auch in Sousse kaufen." „Ach", erwidere ich, „das Boot ist gar nicht hier am Ort?" „Nein", sagt Ramsi, „das ist in Hammamet." Wir wollen in zwei Tagen losfahren. Nun werde ich ja nicht ohne Grund „Mutter Theresa" genannt, also stimme ich zu und verspreche, auf die Bank zu gehen und das Geld zu holen. Da Ramsi für einige Tage wegbleiben wollte, haben wir uns noch einmal eine schöne Nacht gemacht. Am nächsten Morgen setzt sich Ramsi bei mir auf die Bettkante und meint: „Ich muss dich einmal etwas fragen." „Schieß los", erwidere ich. „Mein Penis ist ja nicht sehr groß, macht dir das etwas aus?" „Nein, nein", sage ich, „das ist schon in Ordnung." Bei mir denke ich aber, na, wenn er ein bisschen größer wäre, das wäre nicht schlecht. Vielleicht ist das der Ausgleich der Gerechtigkeit. Wenn ein solches Bild von Mann auch noch groß bestückt wäre, das wäre nicht auszudenken.

Gleich nach dem Frühstück bin ich sofort zur Bank gegangen und habe das Geld für Ramsi geholt. Er war überglücklich und hat mich nach allen Regeln der Kunst geherzt und hatte es jetzt natürlich ziemlich eilig. Er wollte sofort seinen Bruder treffen und ihm berichten, dass sie losfahren könnten. Ich erwartete Ramsi mit Spannung zurück und war natürlich gespannt auf das

Fischerboot. Ich wollte unbedingt sehen, wofür ich mein Geld ausgegeben hatte. Nach drei Tagen war es dann soweit, Ramsi war zurück. Ich fragte natürlich sofort, wo ich das Boot sehen könne, irgendwo im Hafen vielleicht? Ramsi meinte: „Nein, nein, das Boot ist noch in Hammamet und mein Bruder ist auch noch dort. Wir haben es aber gekauft. Es muss nur noch hergerichtet werden, dann bringt mein Bruder es nach Sousse." Ein bisschen komisch fand ich das schon. Aber ich wusste ja, Ramsi war korrekt, er war nicht so wie die anderen Tunesier. Friedel hatte mir das immer wieder bestätigt und der hatte sich bisher noch nie geirrt. Ramsi meinte dann, er fühle sich etwas schmutzig, er wolle erst einmal duschen und sich ein wenig schlafen legen. Die letzten Tage wären doch sehr anstrengend gewesen. „Kein Problem", sagte ich, „Georg und ich wollten sowieso gerade in die Stadt zum Einkaufen." „Ach ja, wie lange bleibt ihr denn ungefähr weg?" „Na, so etwa eine Stunde, wir wollen nur zum Supermarkt Magazin General." Nach einer Stunde, wir hatten alle Einkäufe erledigt, kamen wir wieder zu Hause an. Ich schloss die Wohnungstür auf. Georg und ich betraten die Wohnung. Es kam mir gleich so ruhig vor, als wenn niemand da wäre. So rief ich kurz: „Ramsi, bist du noch im Bad?" Ach nein, die Tür stand weit offen, da war er nicht. Er wollte sich ja auch schlafen legen, aber im Schlafzimmer war er auch nicht. Ich guckte etwas irritiert auf die Betten. „Irgendwie kommt mir hier alles so leer vor", sagte ich zu Georg. „Stimmt", sagte der, „auf der Konsole über dem Bett hatte Ramsi doch einige Sachen liegen, die sind alle weg." Jetzt schloss ich den Kleiderschrank auf und war sprachlos. Gähnende Leere, alles weg. Auf dem Beistelltisch stand doch auch unsere kleine Musikanlage. „Die ist auch weg", sagte Georg. „Ist der etwa abgehauen, wie hat er die ganzen Sachen abtransportiert?" Georg öffnet den Abstellschrank in der Küche und meint: „Mein Koffer ist auch weg." Das ist ja wohl eine große Schweinerei, warum hat er das bloß gemacht? Ich verstehe die Welt nicht mehr. Jetzt muss ich erst einmal auf den Balkon gehen und Luft schnappen. Gerade kommt Friedel am Haus vorbei. Ich rufe runter: „Friedel, kannst du mal eben raufkommen? Ich muss dir etwas zeigen." Friedel kommt auch sofort rauf. Ich gehe wortlos mit ihm ins Schlafzimmer und sage zu ihm: „Was sagst du nun?" Friedel sagt zunächst nichts, er ist genauso sprachlos wie wir. Als er sich wieder gefasst hat, meint er: „Das hätte ich von Ramsi nie erwartet. Er machte immer einen guten Eindruck und hat sich nie schlecht verhalten." „Nun denn, es ist eben so, man kann einem Menschen immer nur bis vor die Stirn gucken", erwidere ich. „Vertrauen ist gut, Kontrolle wäre besser gewesen. Jetzt hat er auch noch die Wohnungsschlüssel mitgenommen, da müssen wir auch noch ein neues Schloss einbauen, obwohl ich nicht glaube, dass er noch einmal zurückkommt. Was kann man jetzt machen?" Friedel meinte: „Ich weiß, wo seine ältere Schwester arbeitet, nämlich im Restaurant La Gondole in Hamman Sousse. Ich werde Mohammed fragen, ob er mit uns dort hinfährt zum Dolmetschen." Gesagt, getan, am nächsten Tage bin ich mit Georg und Mohammed nach Hamman Sousse gefahren. Wir trafen die Schwester auch an und berichteten ihr, was geschehen war. Auch wollte ich wissen, ob sie eine Ahnung hätte, wo Ramsi denn stecke. Eigentlich hätte man sich schon denken können, dass von der Schwester nichts zu erfahren sei. In solchen Fällen hält eine tunesische Familie zusammen. Sie meinte dann auch nur: „Der macht schon mal so etwas!" Ich habe Ramsi dann nie mehr wiedergesehen. Vermutlich hat er sich nicht mehr getraut, nach Sousse zu kommen. Das Ende vom Lied? Geld weg, Kerl weg! War das nun eine Lehre und bin ich aus Schaden klug geworden? Keineswegs, es sollten noch weitere Abenteuer zu bestehen sein.

Der Alltag

Ende der 90er, als wir nach Tunesien kamen und eine Wohnung angemietet hatten, waren die Lebensumstände aus unserer Sicht als Europäer, milde gesagt, ziemlich einfach. Wir hatten natürlich schon immer den Vorteil, dass wir für unsere DM und später den Euro einen guten Umtauschkurs bekamen. Somit konnten wir uns nie mit Tunesiern vergleichen. Das wissen die natürlich auch und es erklärt ihr Verhalten uns gegenüber, immer nur mit „hett fluss – gib Geld!" Manchmal erinnerte mich das Leben daran, wie es früher in der DDR gewesen sein musste. So kann man beim Kochen nicht einfach planen und sagen, heute bereiten wir Blumenkohl. Zunächst geht man zum Gemüsehändler und schaut, ob es überhaupt Blumenkohl gibt. Vor nicht so langer Zeit gab es keine Kartoffeln. Völlig unverständlich, denn die werden im Land angebaut und müssten eigentlich immer vorrätig sein. Die Mentalität der Menschen macht uns Europäer doch manchmal sprachlos. So gehe ich in den nächsten Tante-Emma-Laden, das ist hier der Standard, und verlange Kartoffeln. Antwort: „Haben wir nicht." „Ach so, wann kommen denn wieder welche?" Achselzucken! Meine nächste Frage: „Keine Kartoffeln, was soll ich denn dann kochen?" „Nehmen Sie Nudeln oder Reis", ist die Antwort. So einfach ist das. Ein Problem ist auch die Versorgung mit Gas. Das gibt es zum Kochen, Heizen und Duschen. Also haben wir drei Propangasflaschen angeschafft. Die sind sehr schwer und schwierig zu transportieren. Aber auf unserer Straße gab es zum Glück ganz in der Nähe eine kleine Verkaufsstelle. Die Einheimischen tragen die leeren Flaschen meistens auf der Schulter und die vollen rollen sie über die Straße vor sich her. Das ist natürlich nicht unser Ding. Mohammed wusste aber Rat. Er ließ beim Schmied eine Karre mit zwei Rädern anfertigen, auf die genau eine Flasche passte. Die Treppe hinauf in die 2. Etage haben wir die Flaschen dann getragen. Wenn Mohammed zufällig greifbar war, nahm er die volle Flasche auf die Schulter. Er ist eben ein gestandenes Mannsbild.

Einmal allerdings hatten wir die Rechnung ohne den Wirt gemacht. Georg hatte eine leckere Hühnersuppe mit viel Gemüse zubereitet. Die stand auf dem Herd und brutzelte so vor sich hin, bis dann, man ahnt es schon, das Gas ausging. So eine Flasche hält zum Kochen ungefähr vier Monate, während die Heizflasche nur eine Woche hält. Man ist also immer mindestens einmal die Woche auf Trab, denn die Flasche für die Dusche ist auch noch da. Es war bereits abends gegen 9 Uhr. Die Verkaufsstelle hatte um diese Zeit bereits geschlossen. „Kein Problem“, sagte ich zu Georg, „gehen wir zum nächsten Kiosk“, wie man hier die Tankstellen nennt. Also Gasflasche abgeklemmt, Treppe runter, auf die Karre damit und den Berg hinauf zur Hauptstraße. Große Enttäuschung, Gas ist ausverkauft. Na gut, 50 m weiter ist die nächste Tankstelle. Dort nachgefragt und wieder: ausverkauft. Georg meinte: „Wenn wir heute Abend nicht hungrig ins Bett gehen wollen, müssen wir zum nächsten Kiosk.“ So ging das dann, bis dass wir sieben Tankstellen abgeklappert hatten, aber Gas hatten wir noch immer nicht. Zu Hause angekommen, schaute ich erst einmal in den Suppentopf und probierte. Die Suppe war noch heiß und wohl auch gar. Georg meinte: „Das kann gut sein, die kochte ja schon eine Zeit und ist auch so gar geworden.“ So etwas Dummes, hätten wir uns den langen Fußmarsch sparen können. Das war wieder ein Beispiel dafür, dass wir mit Problemen kämpften, die wir in Deutschland gar nicht hätten. Wenn ich dann an meine Bonner Wohnung dachte, zentral geheizt, Elektroherd und immer warmes Wasser. Warum waren wir dann überhaupt hier? Allerdings kann man sich auch an manche Dinge gewöhnen, sieht vieles gelassener. Man lernt, dass man auch bescheidener leben kann und nicht alles haben muss und vieles, was wir in Europa als selbstverständlich betrachten, hier eben nicht selbstverständlich ist. Ein weiteres Problem ist natürlich, dass wir deutsch kochen wollen. Das geht nur bedingt, weil es viele Artikel, die wir kennen, hier gar nicht gibt. So habe ich lange gebraucht herauszufinden, warum der Kümmel hier anders schmeckt als bei uns, obwohl er doch gleich aussieht. Jedenfalls hat er mit unserem Kümmel nichts zu tun. Auf Französisch ist das „cumin“. Nachdem ich Mohammed gefragt hatte: „Wie heißt denn ‚cumin‘ auf Arabisch?“ „Camun“, antwortete er. Also habe ich im Geschäft „camun“ verlangt. Aber das war immer das gleiche Zeug. Dann bin ich aber doch dahintergekommen, es handelt sich nämlich um Kreuzkümmel, ein Gewürz, das mit unserem Kümmel nichts zu tun hat. Eine weitere Herausforderung ist das Beschaffen von Alkohol, in diesem Fall von Bier oder Wein. Alkohol gibt es nur im staatlichen Supermarkt Magazin General oder in kleinen Verkaufsstellen, die auch staatlich sind. Da kann es leicht sein, dass man weit laufen und schleppen muss. Inzwischen gibt es aber auch private Supermärkte. Die sind besser geführt und haben auch ein größeres Angebot. Das Land öffnet sich langsam zur Marktwirtschaft.

Intermezzo

Während sich Eva zusammen mit Mosef nach Berlin auf den Weg gemacht hat und Gertrud nur noch sporadisch erscheint, haben wir einen Neuzugang zu verzeichnen, nämlich Carola aus Mainz. Eine kleine, pummelige Person. Wir haben bald herausgefunden, dass sie auf Männersuche ist. Sie erzählt uns, dass sie noch nie verheiratet war und in Mainz mit verschiedenen Amerikanern, die dort stationiert waren, liiert war. Mit Deutschen kann sie nichts anfangen. Ein bisschen kann ich das verstehen, sind doch die Nordafrikaner im Durchschnitt ansehnlicher als die meisten Mitteleuropäer. In letzter Zeit fiel mir noch eine Deutsche auf, die immer etwas schrill gekleidet ist. Rudi konnte mir das erklären. „Das ist Maja aus Berlin. Die ist etwas schrill im Aussehen und einfach gestrickt im Kopf, aber eine ganz ehrliche Haut", wusste er zu berichten. Es sind also nicht nur ältere Männer im Vorruhestand hier. Bei den deutschen Frauen, ebenso bei englischen, hatte es sich inzwischen herumgesprochen, dass die Männer im Maghreb nicht so wählerisch sind. Ein Altersproblem wie bei uns, wo man mit 35 schon keine Chancen mehr hat, gibt es hier nicht. Teilweise ist das natürlich der Kampf ums Überleben. Bezahlen müssen die Frauen nämlich auch. Bei Carola kommt das nicht so gut an, ist sie doch der Meinung, dass die Männer sie als Frau hofieren müssten. Die Erfahrung hat sie vielleicht früher in Deutschland gemacht, aber hier kann sie das vergessen. Sie muss sich eben der Mentalität der Menschen hier anpassen, ob sie nun will oder nicht.

Der Straßenraub

Die Geschichte von Annegret muss ich auch noch erzählen. Wir kennen Annegret schon seit vielen Jahren. Sie ist behindert und fährt immer mit ihrem von einem Motor angetriebenen Rollstuhl durch Sousse. Manchmal bis nach Port Marina und zurück, denn die Batterie reiche für ca. 60 km, sagt sie. Bis vor einem Jahr stand Heribert, ihr Mann, hinten auf einem selbst gebastelten Brett auf dem Rollstuhl. So konnten sie gemeinsam durch die Gegend preschen. Nur in diesem Jahr, die beiden kamen immer im Herbst zum Überwintern, war alles anders. Annegret erzählte uns mit weinerlicher Stimme, dass Heribert verstorben sei. „Er war ja schon länger sehr krank, aber er fehlt mir so sehr und nun muss ich allein kommen", sagte sie. Dieses Mal begegneten wir Annegret direkt vor ihrem Hotel. „Ach ist das schön, dass ich euch wieder treffe", sagte sie. „Ihr zwei seid immer so nett. Ihr bleibt doch für immer zusammen, das müsst ihr mir versprechen." Das tun wir ihr gern, aber dass der Grund, nach Tunesien zu reisen, nicht nur Sonne und Strand sind, erzählen wir ihr nicht. Sie würde es nicht verstehen und ihr ganzes Weltbild würde wohl einstürzen. Ein bisschen Doppelmoral wollen wir uns auch leisten in einem Kulturkreis, wo man die Doppelmoral offensichtlich erfunden hat und mit Lügen und Halbwahrheiten lebt. „Stellt euch vor, was mir passiert ist. War ich doch gestern in Khezzema (gut situierter Stadtteil von Sousse) unterwegs. Plötzlich kommt ein dunkel gebräunter Bursche auf mich zu und reißt mir meinen Einkaufsbeutel vom Lenkrad. Ich schreie laut um Hilfe. Ein Tunesier, der den Vorfall beobachtet hat, läuft dem Dieb nach. Ein anderer telefoniert und ruft die Polizei." Gut, dass es jetzt Mobiltelefone gibt, die hier Portable heißen. Jetzt kommt von allen Seiten Polizei in Zivil. In diesem Land ist eben die Polizei überall, nur man erkennt sie nicht unbedingt, wenn man kein geschultes Auge dafür hat wie die Tunesier. Einer schleppt den Dieb mit sich und hält Annegrets Beutel triumphierend in der Hand. Er gibt ihr den

Beutel zurück und sagt: „Frau gucken, alles noch da?“ Annegret kramt in ihrem Beutel, ja, alles da. Telefon, Geld, Hotelschlüssel, Scheckkarte. Es ging auch alles so schnell, da hatte der Dieb ausnahmsweise keine Chance. Meistens sind die Burschen über alle Berge. Aber dieses Mal ist alles gut gegangen, war es doch ein starkes Stück, eine behinderte Frau zu überfallen. Damit ist die Geschichte natürlich noch nicht beendet. Jetzt müssen alle erst einmal auf die Polizeiwache. Hier bekommt Achmed, so heißt der Dieb, erst einmal Prügel. Links und rechts gibt es vom Polizeioffizier Watschen. „Nicht schlagen, nicht schlagen!, rufe ich. Jetzt tut er mir schon wieder leid“, erzählt Annegret. „Natürlich hätte er mich mit dem Rollstuhl auch umkippen können. Warum hat er das bloß gemacht, hätte er mich um Geld gefragt, ich hätte ihm doch etwas gegeben. Und wieder gibt es einen Klatsch ins Gesicht. Der Polizist muss doch seine Macht und Autorität beweisen. Ich rufe: Bitte nicht schlagen, ach, der Junge tut mir leid, steht da in abgerissener Hose und Badelatschen. Das ist Bandito, sagt der Polizist, kommt aus dem Süden, alles Banditos im Süden, Leute in Sousse gut, das nicht machen.“ Das stimmt natürlich nicht, aber es ist so üblich, zu behaupten, alles Böse komme von draußen. Normalerweise machen Diebstähle und Einbrüche nur die Algerier. Tunesier tun so etwas nicht. In diesem Fall ist die Beweislage erdrückend, Achmed hat einen tunesischen Ausweis dabei, den jetzt der Polizeioffizier drohend in der Hand hält. Annegret fährt fort: „Alles gut, Madam?, fragt mich der Polizist. Ist schlechte Junge, bekommt große Strafe. Ja, ja, sage ich, eine kleine Strafe, aber nicht mehr schlagen.“ Was Annegret wehtut und sie nicht weiß, ist, Schlagen ist in diesem Land ein normaler Vorgang. Der Mann verprügelt seine Frau, die Mutter die Kinder und der ältere Bruder die kleine Schwester. Es gibt eine Hackordnung, die auch vom Koran abgesegnet ist. Und was Allah sagt, ist „DIM“ (Gesetz). Deswegen ist das Prügeln für die Polizei ganz normal, Schuldbewusstsein kommt erst gar nicht auf. Annegret wird sicher noch lange an diesen Vorfall denken. Sie kann immer so herzhaft lachen und im nächsten Moment anfangen zu schluchzen, sie hat eben nahe am Wasser gebaut. Im nächsten

Jahr trafen wir sie wieder, sie war wieder mit ihrem „Ferrari“ unterwegs. Der Vorfall vom Jahr zuvor war längst vergessen. Sie erzählte uns, dass sie vor Kurzem eine Schiffsreise in die Karibik unternommen hätte, es wäre alles wunderschön gewesen. Eine beachtliche Leistung für die Frau, wie ich finde, ganz allein mit dem Rollstuhl durch die Welt zu reisen. In letzter Zeit haben wir Annegret nicht mehr getroffen. Es geht ihr hoffentlich noch gut. Vielleicht hat sie sich einen anderen Platz zum Überwintern gesucht, dort, wo es keine Banditos gibt.

Man zieht um

Paul wohnt im gleichen Haus wie Friedel, nur einige Etagen tiefer im Nebenhaus. Während die Wohnung von Friedel, versehen mit einer großen Terrasse, sehr gemütlich ist, liegt Pauls Wohnung sehr ungünstig und ist wegen Mangel an Sonne auch kalt, besonders im Winter. Paul hatte schon länger Umzugspläne, nur, eine nette Wohnung zu finden, die europäischen Ansprüchen in etwa entspricht, ist sehr schwierig. In unserem Haus, direkt unter uns in der 1. Etage, wohnt seit drei Jahren eine Dame aus Norddeutschland. Sie ist ausnahmsweise nicht wegen der Männer hier, sondern zum Reiten. Ihr Herz hängt an „Schneewittchen“, ihrem Pferd. Leider ist Schneewittchen krank und muss voraussichtlich eingeschläfert werden. Ein neues Pferd möchte sie sich nicht zulegen, weshalb sie nach Deutschland zurückgehen will. Jetzt kann Paul seine Chance nutzen. Wir machen beide miteinander bekannt. Die Dame hat sich im Laufe der Zeit einige Möbel sowie Geschirr angeschafft. Diese Dinge möchte sie gern verkaufen. Paul wird sich schließlich mit ihr einig, sodass er zum nächsten Ersten einziehen kann. Rudi ist auch auf Wohnungssuche. Er hat Probleme mit dem Vermieter. Er kann nur tunesisches Fernsehen empfangen und der Vermieter ist nicht bereit, eine größere Satellitenschüssel zu installieren. Wir haben gleich zwei Schüsseln auf dem Dach und diese selbst bezahlt. Rudi möchte das eher nicht. So gebe ich ihm den Tipp, dass uns gegenüber eine Terrassen-Wohnung, ähnlich wie die von Friedel, frei sei. Er setzt sich mit dem Patron in Verbindung und schon hat es geklappt. Die Wohnung ist zwar in der 4. Etage, aber Rudi macht das nichts aus. Außerdem haben wir einen Neuzugang zu verzeichnen. Die Wohnung im Nachbarhaus, die Paul bisher bewohnte, mietet ein Berliner. Theo heißt er, ein ehemaliger Künstler, der an verschiedenen Berliner Theatern gespielt hat. Friedel hat sich gleich mit ihm angefreundet. So laufen die beiden wie siamesische Zwillinge umher und sind pausenlos auf Männerfang unterwegs. Das gefällt mir nicht recht, sodass ich mich von Friedel etwas zurückziehe.

Mohammed

Nach Mohammeds Balkonsturz, er ist inzwischen wieder vollständig genesen, überlegen wir gemeinsam, wie wir ihn in Arbeit und Brot bringen können. Mein Vorschlag ist, den Führerschein für ein Taxi zu machen. Mohammed meint, daran hätte er auch schon gedacht. Allerdings würde das Zeit in Anspruch nehmen, da er zuerst die Erlaubnis für ein Überlandtaxi machen müsse, die sogenannte Louage. So ist jedenfalls die Reihenfolge. Gleichzeitig könnte er auch noch den Führerschein für Lkw und Autobus machen. Dann hätte er mehrere Möglichkeiten, um einen Job zu bekommen. Wenn Mohammed sich etwas in den Kopf gesetzt hatte, führte er es auch durch. So war es nicht verwunderlich, dass er schon nach wenigen Wochen das Papier für die Louage in den Händen hatte. Na, dachte ich, da ist bestimmt wieder Schmiergeld geflossen. Auf meine Frage winkte Georg nur ab und lächelte. Alles klar, Mohammed war schon ein pfiffiges Kerlchen. Jetzt war er auch nachts oft nicht zu Hause, denn vorerst fuhr er als Aushilfsfahrer immer nachts von Sousse nach Tunis und zurück. Das war sehr anstrengend und machte ihn nicht wirklich glücklich. Obwohl er inzwischen auch die Erlaubnis für Lkw und Busse hatte, sah er bisher keine Möglichkeit, an einen Job zu kommen. Er studierte laufend die Zeitung und bewarb sich, aber es klappte nichts. So musste er vorerst weiter nachts auf der Autobahn nach Tunis und zurück brettern. Aber immerhin, er verdiente Geld. Mohammed kam aber auch nicht immer tagsüber, sondern schlief, wie er sagte, im Haus seiner Mutter. Außerdem war er mit seinem Neubau beschäftigt. Als er sich wieder einmal längere Zeit nicht gemeldet hatte, wollte Georg gern wissen, was dahinter steckte. So rief er Brian an, das ist Mohammeds väterlicher Freund, den er von seiner Arbeit im Hotel kannte. Wir trafen uns mit ihm. Er konnte auch nicht wirklich weiterhelfen, meinte aber, Mohammed sei sicher bei seiner Frau und seinem Kind in Nabeul. Ich dachte, ich höre nicht richtig.

Mohammed verheiratet und ein Kind? Und er machte immer noch mit Georg rum? Das war mir alles zu viel. Ich stellte Georg zur Rede. Er meinte: „Reg' dich ab, der ist nicht verheiratet. Das ist gegenüber seinen Leuten nur eine Schutzbehauptung, damit nicht rauskommt, dass er sexuellen Kontakt zu mir hat." „Na", sagte ich, „dein Wort in Gottes Ohr", oder in Allahs, wie der hier heißt. Spätestens wenn das Geld knapp wird, würde er sich sicherlich wieder melden. So war es dann auch und Mohammed hatte gleich mit einer Neuigkeit aufzuwarten. Er meinte, ob wir nicht Lust hätten, mit ihm zum Haus seiner Mutter zu fahren bzw. zu seiner Wohnung. „Wie", fragte Georg, „ist die denn schon fertig?" „Na ja", meinte er, „so ganz noch nicht, aber ich habe mir schon Möbel gekauft und ein bisschen eingerichtet." So fuhren wir also voller Erwartung nach Citè Riad, dem Stadtteil, in dem seine Mutter sowie der Rest der Familie wohnten. Am Haus angekommen, musste natürlich erst einmal Mum, wie er seine Mutter auf Englisch nannte, mit Küsschen hier und Küsschen da begrüßt werden. Dann ging es hinauf in die 2. Etage direkt in den Salon, so nennt man hier den Wohnraum. Eine Diele oder ein Flur wie bei uns kennt man hier nicht. Das sah schon alles sehr gut aus, eingerichtet mit einem Gläserschrank sowie einer großen Couch-Garnitur, mit Tisch natürlich. Es schloss sich ein großer Balkon an, bei dem aber teilweise die Brüstung noch nicht komplett war. Tunesier lieben römische Säulen. Hinter dem Salon dann das Schlafzimmer, ebenfalls schon möbliert. Im Bad fehlten allerdings noch die Fliesen und die Küche war auch nur notdürftig eingerichtet. Mohammed meinte, dafür müsse er noch ein wenig sparen. So hatte er sich also von seinem Gehalt, das er als Louage-Fahrer verdiente, und dem Salär, sprich Taschengeld, von Georg nach und nach die Wohnung gebaut. Das erklärte natürlich auch, dass er in letzter Zeit so selten bei Georg bzw. bei uns war.

Nasser

Um Georg nicht abends allein zu lassen, traf ich mich seltener mit Paul und verbrachte die Abende stattdessen mit Georg. So auch an diesem Abend, der mein Leben für die nächsten Jahre verändern sollte. Wir waren gerade den Berg heruntergegangen und bogen auf die Hauptstraße ein, als uns ein großer, stattlicher Tunesier entgegenkam. Ich hatte direkt im Gefühl, dass sich da etwas einfädeln ließ. Im Vorbeigehen guckten wir uns in die Augen und es blitzte. Nach wenigen Metern guckte ich mich um und er natürlich auch. Das ist übrigens ein normales Ritual, wenn man jemandem auf der Straße begegnet und Interesse an ihm zeigt. Er blieb stehen, ich auch. Ich sagte zu Georg: „Geh' schon mal ein Stück vor, ich komme gleich nach." Georg verstand sofort und wartete in einer gewissen Distanz auf mich. Der junge Mann, schätzungsweise um die 30 Jahre, kam zurück. Von Nahem sah er noch viel besser aus und rein optisch war ich von ihm sehr angetan. Wir begrüßten uns auf Französisch mit „Ca vas?" Es stellte sich schnell heraus, dass er nur Französisch verstand, neben Arabisch natürlich. Das war wohl mein Schicksal, dass ich nie jemanden traf, der Englisch sprach, von Deutsch ganz zu schweigen. Wir tauschten noch einige höfliche Worte aus und es war schnell klar, dass er Kontakt zu mir suchte. Ich gab ihm zu verstehen, dass ich im Moment mit Georg unterwegs sei, aber gegen 22 Uhr könne ich ihn an dieser Stelle treffen. Wir würden dann in meine Wohnung gehen zum näheren Kennenlernen. Nun sind nicht alle Menschen so pünktlich wie die Deutschen. Wenn wir sagen: „Ich komme um 10 Uhr", dann sind wir auch auf die Minute genau da. Aus Erfahrung wusste ich, dass man eigentlich, wenn man einen Einheimischen kennenlernte, ihn sofort mit nach Hause nehmen sollte, da ein späteres Treffen meistens nicht funktionierte. Sie kommen dann einfach nicht. Deshalb sagte ich ihm auf Französisch: „Das hier ist ein ‚Rendezvous allemand'. Sei bitte pünktlich, ich warte nicht." Das versprach er mir dann auch. Zurück bei Georg fragte dieser:

„Was ist denn mit dem Kerl?“ „Ach, ich habe mich mit ihm für 22 Uhr verabredet.“ „Na“, meinte Georg, „ob der kommt?“ „Ach“, sagte ich, „ist mir egal, jetzt gehen wir erst einmal ein Bier zusammen trinken.“ Gegen 22 Uhr, wir waren noch einmal kurz zu Hause gewesen, ging ich zu der vereinbarten Stelle, wo ich verabredet war. Es dauerte nur ein paar Minuten und Nasser stand neben mir. Tunesier sieht man nie, sie tauchen immer plötzlich wie der Phönix aus der Asche auf. Sie sind eben geschult darin, der Polizei aus dem Weg zu gehen, die überall ist und oft in Zivil nicht leicht zu erkennen. Kontakt mit Touristen ist nicht verboten, aber auch nicht erwünscht. Man weiß wohl auch, warum, aber bei erwachsenen Leuten können sie nicht viel machen, außer sie zu kontrollieren und dumme Fragen zu stellen. Ich hatte schnell raus, dass Nasser deshalb so pünktlich war, weil er dringend Geld brauchte. Er war arbeitslos und hatte Schulden. Er sagte mir, dass er gefährlich lebe, weil er seinen Personalausweis verpfändet hätte. Wenn ihn die Polizei kontrollierte, hätte er ein Problem. Ich servierte erst einmal ein Fläschchen Bier und noch eins. Na, in so einer Flasche ist nicht viel drin. Nasser war auch ein kleiner Schluckspecht, wie so viele Tunesier. Mit Allah hatte er, genauso wie Mohammed, anscheinend nicht viel zu tun. Auf der Anrichte hatte ich eine Wasserpfeife stehen. Er meinte, ob ich nicht Lust hätte, eine Chicha zu rauchen. „Doch“, sagte ich, „können wir machen.“ Er war auch gleich bereit, die Chicha zu präparieren. So saßen wir dann auf dem Sofa nebeneinander und kamen uns beim Chicha-Rauchen langsam näher. Er legte vorsichtig seine Hand auf meinen Schenkel und tastete sich vor in meinen Schritt, bis dass er meinen Sipp fühlen konnte. Der war natürlich schon steif, die Hose wölbte sich, sodass ich dachte, gleich springen die Knöpfe ab. Da ich auch nicht schüchtern bin, machte ich es bei ihm genauso. Was ich dann da ertasten konnte, ließ mich leicht schwindelig werden. Aber vielleicht kam es auch vom Chicha-Rauchen, denn normalerweise rauche ich ja nicht. Nasser war hoch erregt und fragte, ob ich gern Chicha „naturell“ rauche, zu Deutsch „blasen“. „Oui, Monsieur“, sagte ich, „gern.“ Wir zogen uns beide nackt aus und schon hatte ich seinen Sipp im Mund.

Das war ein gewaltiges Teil, so schön wie Ebenholz. Die meisten Tunesier stellen den aktiven Teil, so auch er. Ich merkte, wie seine Hand nach hinten griff und er mit dem Finger signalisierte, dass er da hinten rein möchte. Ich legte mich bäuchlings auf das Sofa, nicht ohne noch einen kräftigen Zug aus der Chicha zu nehmen, und ließ ihn gewähren. Er stieß mir seinen XXL tief rein, was mich dann in höchste Ekstase brachte. Wir waren beide so erregt, dass es nicht lange dauerte, bis dass es uns gleichzeitig kam. Nach einer gewissen Erholungspause und ein paar Zügen an der Chicha haben wir noch gemeinsam geduscht. Nasser hatte es jetzt ein wenig eilig, was mich irritierte. Er erklärte mir, dass er nervös sei, weil seine jüngere, unverheiratete Schwester, mit der er zusammenlebe, allein zu Hause mit seiner Tochter wäre. Als älterer Bruder und Vater fühlte er sich für beide natürlich verantwortlich, was ich auch verstand, denn von den Sitten und Gebräuchen hier hatte ich doch bereits einiges mitbekommen. Seine Tochter lebe bei ihm, so erzählte er mir, weil seine Frau, von der bereits seit einem Jahr geschieden sei, inzwischen wieder geheiratet hätte und in Dubai lebe. Normalerweise bleiben die Kinder bis zum 6. Lebensjahr bei der Mutter. Nur wenn die Mutter, wie in diesem Fall, das Land verlässt, kann der Vater bestimmen, ob das Kind mit der Mutter gehen darf. Nun sind Südländer meistens Machos, so auch Nasser. Da die Mutter einen reichen Mann geheiratet hatte, wäre das Mädchen dort besser aufgehoben gewesen. Aber das Wohl des Kindes spielt keine Rolle, Hauptsache, man kann seine Männlichkeit unter Beweis stellen. Nun hatte ich in meinem Leben schon das zweite Mal einen Mann mit einer Tochter kennengelernt, denn Georg war auch Vater einer Tochter. Manchmal wiederholen sich Dinge im Leben eben doch. Ich gab ihm sein Salär, mit dem er auch zufrieden war, und fragte, wann wir uns wieder treffen könnten. Dieser Typ war schon vom Aussehen her ganz anders als Ramsi. Der war nur schön, aber Nasser war groß und kräftig und von wunderbarer Statur. Und was da zwischen den Beinen baumelte, gab es im Gegensatz zu Ramsi auch nicht alle Tage. So verabredeten wir uns für den nächsten Samstag um 8 Uhr am Abend.

Neptunfest

Die heißen Sommertage vergehen, es ist Juli. Am 24. Juli gibt es in Sousse immer ein besonderes Spektakel, das sog. Neptunfest. Es erinnert uns ein wenig an den Karneval, nur mit etwas weniger nackter Haut. Aber für islamische Verhältnisse doch ziemlich freizügig. Zu diesem Großereignis werden immer viele Menschen erwartet. Schon Tage vorher ist die Polizei mit Unterstützung aus Tunis unterwegs und kontrolliert alles und jeden. An einem dieser Abende hatte Mohammed wieder etwas zu viel getrunken und Streit mit Georg gehabt. Er verließ wütend die Wohnung, ohne Schlüssel mitzunehmen. Nach einer Weile, Mohammed kam nicht zurück, war ich beunruhigt. Ich sagte zu Georg, dass ich einmal auf die Straße schauen würde, wo Mohammed sich aufhalten könne. Georg sah die Sache einmal wieder ziemlich gelassen, im Gegensatz zu mir. So verließ ich das Haus und ging durch die angrenzenden Straßen. Und siehe da, Mohammed saß auf dem Mäuerchen der Strandpromenade. Ich sprach ihn an und fragte, ob er nicht nach Hause kommen möchte. Keine Antwort, nur ein Achselzucken. Schon nahm das Unglück seinen Lauf, die Polizei nahte. Sie sprachen Mohammed an und verlangten seinen Personalausweis. Tunesier sind verpflichtet, diesen immer bei sich zu tragen. Der Polizist behielt den Ausweis erst einmal in der Hand und fing an zu telefonieren. Ich fragte Mohammed, was denn los sei, was sie wollten, denn ich verstand ja nichts, man sprach Arabisch. Mohammed wusste es auch nicht, meinte aber, er hätte ein Problem, weil er mit mir zusammensäße. Die Polizei vermutet immer gleich sexuelle Kontakte, was gerade an der Promenade nicht unbegründet war. Aber dass Tunesier und Europäer miteinander sprechen und sei es auf der Ufer-Promenade, ist nicht verboten. Der Präsident hat sogar die Charta der Menschenrechte unterschrieben, natürlich mehr oder weniger, um anderen Nationen zu zeigen, was für ein Rechtsstaat Tunesien ist. Die Wirklichkeit ist dann doch etwas anders. Durch kurzes Nachfragen bei einem der Polizisten fand ich heraus, dass dieser Englisch verstand. Die Polizei hatte mich bisher völlig ignoriert, was sie immer taten. Trotzdem sprach ich ihn an, und zwar in einem erregten und scharfen Ton. Ich fragte, was denn gegen Mohammed vorläge. Er meinte, das könne er nicht sagen, aber wer um diese Zeit noch mit einem Europäer unterwegs sei, müsse eben mit besonderer Kontrolle rechnen. Ich erklärte ihm, dass ich Mohammed schon seit Jahren kenne und wir uns rein zufällig hier getroffen hätten. Außerdem machte ich ihn darauf aufmerksam, wenn weiter nichts wäre, dass das Reden und der Kontakt mit ausländischen Personen nicht verboten seien. Er griff ein weiteres Mal zum Telefon und holte sich anscheinend Instruktionen, wie er sich Mohammed gegenüber verhalten solle. Schließlich sprach er noch kurz mit Mohammed und gab ihm seinen Personalausweis zurück. Ich fragte ihn: „Was ist, alles in Ordnung?" „Ja", sagte Mohammed, „wir können gehen." Er ging an den Straßenrand und winkte ein Taxi herbei. Ich fragte: „Was willst du denn mit dem Taxi, wir haben doch nur wenige Schritte bis nach Hause, das lohnt sich doch gar nicht." Mohammed meinte: „Das ist egal, wir fahren jetzt ein Stück in Richtung Hammam Sousse und wieder zurück, damit die Polizei nicht sieht, wohin wir wirklich wollen." In der Zwischenzeit war der Alkoholspiegel bei Mohammed wieder gesunken und wir kamen beide wohlbehalten zu Hause an. Mohammed bedankte sich bei mir und meinte, dass ich ziemlich viel Courage gehabt hätte. Er war sicher, dass die Polizei ihn sonst mit zur „Post-Police" auf die Polizeiwache genommen hätte. Da hätte er dann womöglich eine Nacht in einer kahlen Zelle verbringen müssen, ohne Bett und Zigaretten.

Am nächsten Tag war es dann soweit. Die Uferpromenade war für den Autoverkehr gesperrt. Ebenso der Durchgang, an dem die Tribüne stand, auf der der Staatspräsident Platz nahm. Der Strand war an dieser Stelle auch auf einigen 100 Metern abgesperrt. Draußen auf See patrouillierten mehrere Kriegsschiffe. Die Sicherheitsvorkehrungen waren perfekt. Wir standen also an der Straße und warteten auf den Umzug. Inzwischen hatten sich Friedel und Theo zu uns gesellt, sodass es nicht langweilig wurde. Dann ging es endlich los. „D'r Zug kütt", wie man in Köln sagt. Die Wagen waren teilweise wirklich schön gestaltet. Als letzter und größter Wagen kam der Namensgeber des Spektakels, ein großer Neptun aus Pappmaschee. Dahinter zu Fuß die Delegation aus Tunis. In der Mitte der Präsident. Nebenher lief die Securitè und feuerte die Kinder an, mit den Fähnchen, die vorher ausgeteilt worden waren, zu winken und zu rufen „Dima, Dima Ben Ali", was so viel heißt wie „Immer, es lebe Ben Ali!" Hinter der Gruppe auf mehreren Pritschenwagen vermummte Sicherheitspolizei mit aufgepflanzten Maschinen-Gewehren. Das sah alles sehr bedrohlich aus. Was musste dieser Machtapparat für eine Angst haben vor Anschlägen. Für uns freie deutsche Bürger alles etwas unverständlich und unheimlich. Nachdem der Umzug vorbei war, beschlossen Georg und ich, in unserem Lieblingsrestaurant L'Escargo zum Essen zu gehen. Wir haben dann auch lecker gegessen und ich wollte bezahlen. So griff ich in meine seitliche Hosentasche, wo ich 40 Dinare deponiert hatte. Aber meine Finger ertasteten … nichts! Ich sagte zu Georg: „Ich hatte 40 TD mitgenommen, die sind weg. Hat mich im Gedränge doch bestimmt jemand bestohlen." Wir mussten aber bezahlen, was nun? „Ach", sagte ich, „zum Glück ist es bis nach Hause nicht weit, ich gehe eben und hole Geld und du wartest hier auf mich." Nachdem ich zurückgekehrt war und wir bezahlt hatten, gingen wir mit einer neuen Erfahrung nach Hause.

Les voleurs

In Ländern mit großer Armut ist der Hang dazu, andere zu bestehlen, besonders ausgeprägt. So auch in Tunesien. Meine Erkenntnisse müssen nicht stimmen, sind aber, wie ich finde, plausibel. Die Menschen leben und wachsen auf, zumeist auch heute noch in Großfamilien. Das persönliche Eigentum beschränkt sich auf ein Minimum. Die Geschwister ziehen untereinander Hemden und Hosen an bzw. tauschen Dinge aus. Ich glaube, dadurch kann sich kein Unrechtsbewusstsein entwickeln, wenn man jemandem etwas wegnimmt. In diesem Kapitel möchte ich zusammenfassend über alle Diebstähle berichten, die mir noch im Gedächtnis sind. Am Anfang hatte ich darüber berichtet, dass der Sportler unsere Badezimmer-Konsole komplett abgeräumt hatte. Dann die Sache mit Ramsi, der außer seinen Sachen auch unseren Kleiderschrank geplündert hatte, bevor er auf Nimmerwiedersehen verschwunden ist. Am Anfang hatte ich Chantilly. Er kam aus besserem Haus und besuchte mich öfter. Eines Abends fragte er mich, ob ich Lust hätte, zu einem Konzert im Fußballstadion zu gehen. „Oh ja", sagte ich, „das ist einmal eine nette Abwechslung." „Gib mir morgen früh 20 Dinare, damit ich die Eintrittskarten kaufen kann." Ich dachte, damit ich es nicht vergesse, lege ich das Geld gleich auf die Bettkonsole. Als wir schließlich ins Bett gingen, war das Geld verschwunden. Ich fragte Chantilly nach dem Geld, aber er hatte keine Ahnung. Da sonst niemand in der Wohnung war, konnte nur er es genommen haben. Daraufhin habe ich ihn rausgeschmissen, schweren Herzens, denn er war sehr gebildet und ich hatte gehofft, mit ihm länger zusammen sein zu können. Später hat er sich wohl bei mir entschuldigt, Stil hatte er nämlich, aber ich blieb bei meinem Entschluss, ihn nicht wiederzusehen.

Ein anderes Mal traf ich einen jungen Burschen, dessen Namen ich inzwischen vergessen habe, an der Promenade. Er war schon mehrfach bei mir gewesen und war auch mit seinem Salär immer zufrieden. Es ist jedenfalls nie etwas weggekommen. Dieses Mal war alles anders, da hat er richtig zugeschlagen. Nach unserem Klüngel ging ich wie üblich ins Bad, während er sich bereits anzog. Ich gab ihm sein Geld und wunderte mich allerdings, dass seine Hosentasche so prall war. Nun bin ich nicht schüchtern, sondern stellte ihn zur Rede und griff in seine Tasche. Da hatte der Bursche doch mein Handy samt Schnur aus der dunklen Küche geholt und eingepackt. Nachdem ich ihn kurzerhand rausgeschmissen hatte, öffnete ich den Kleiderschrank. Zuvor hatte ich nämlich meine wertvolle Titan-Uhr und noch 20 Dinar dort deponiert. Warum ich den Schlüssel nicht abgezogen hatte, kann ich mir bis heute nicht erklären, aber die Uhr und das Geld waren weg. Das war dann allerdings der wertvollste Gegenstand, der mir jemals weggenommen wurde. Dabei war ich immer vorsichtig und befolgte den Rat von Friedel, alle Schlüssel an den Schränken abzuziehen, wenn Besuch kam. Friedel hatte natürlich viele Erfahrungen gemacht, aber einmal hatte ihn ein Junge doch fast ausgetrickst. Eines Morgens kam Friedel zu uns rüber und wusste zu berichten: „Stellt euch einmal vor, ich hatte doch gestern Abend Besuch. Ich habe den Jungen weggeschickt, um etwas Getränke zu besorgen, und ihm den Hausschlüssel mitgegeben. Der Schlüssel befand sich aber in einem kleinen Täschchen. Als er mit den Getränken zurückkam, legte er das Etui auf den Tisch. So weit, so gut. Nur, heute Morgen stelle ich fest, der Schlüssel ist nicht mehr drin. Ich muss sofort ein neues Schloss kaufen und einbauen und Schlüssel für das ganze Haus besorgen. Der Typ kann zwar dann noch nicht in meine Wohnung, aber wenn er erst einmal im Haus ist, kann viel passieren. Hilfst du mir beim Einbauen?“, fragte er. „Na klar, ist doch selbstverständlich.“ Das ist dann eine ziemlich teure Angelegenheit geworden. Die Kriminalität ist ziemlich groß und ich bin trotz allem immer noch glimpflich davongekommen. So hatte Rudi eines Tages einen dreisten Einbruch zu vermelden, der auch für tunesische Verhältnisse ungewöhnlich ist. Jeder hat so seinen Tagesrhythmus, so auch Rudi. Er ging nämlich ziemlich präzise jeden Nachmittag gegen 15 Uhr aus dem Haus zum Kaffeetrinken in das Café La Plage. So, wie der Einbruch abgelaufen ist, müssen ihn die Ganoven schon länger beobachtet haben. Jedenfalls kam er abends nach Hause und fand die Eingangstür aufgebrochen vor. Alles war durchwühlt. Sein gesamtes Handwerkszeug einschließlich Bohrmaschine war weg. Das Radio, der Receiver für das Satellitenfernsehen verschwunden. Sämtliche Fernbedienungen und seine Brillen, die auf dem Tisch lagen, alles weg. Seine Nachforschungen haben dann ergeben, dass die Täter sehr professionell vorgegangen sind. Zunächst sind sie mit zwei Personen in die 2. Etage gegangen und haben dort wahllos an einer Tür geklopft. Es öffneten ihnen zwei Studentinnen, die dort wohnten. Sie fragten, ob diese wüssten, wo der Deutsche wohne. „Natürlich", entgegneten sie, „in der 4. Etage ganz oben. Da die Männer einen Blaumann trugen und Werkzeug dabeihatten, dachten die Mädchen, das sind Monteure, die wollen irgendetwas reparieren. Die haben dann auch viel Krach gemacht, denn die Eingangstür von Rudis Wohnung war aus Metallstäben gefertigt. Später berichtete der Patron, er wohnte im gleichen Haus im Parterre, dass er einen jungen Mann vor der Haustür beobachtet hätte, der die ganze Zeit telefoniert habe. Erst als die beiden im Blaumann, mit mehreren Plastiksäcken beladen, zurückkamen und zu dritt verschwanden, wurde er misstrauisch, aber da war es bereits zu spät. Der Bursche vor der Tür hatte sicherlich Schmiere gestanden. Vermutlich hatten die noch einen vierten Mann am Café La Plage platziert, der kontrolliert hat, ob sich Rudi noch dort aufhielt und nicht etwa zurückkam. Bisher war Paul immer von allen Unannehmlichkeiten verschont geblieben. Er ist pensionierter Lehrer und hat natürlich eine entsprechend hohe Pension, von der wir nur träumen können. Beamte werden in Deutschland gut bezahlt, auch dann noch, wenn sie in Pension gehen. Trotz seines vielen Geldes ist er extrem geizig. Seine Liebhaber bekommen nur geringe Beträge und überhaupt fällt ihm alles in den Schoß, wo andere viel für tun müssen. Eine kleine Episode ist aber doch noch erwähnenswert. Eines Abends kam er spät nach Hause und fand sein Kofferradio auf dem Küchentisch wieder, obwohl es sonst im Wohnzimmer befand. Bei näherem Hinschauen bemerkte er, dass die Balkontür offen stand. Also musste jemand während seiner Abwesenheit in der Wohnung gewesen sein. Er schaute im Küchenschrank nach, wo er noch 70 Dinar liegen hatte, die waren weg. Aber sonst fehlte nichts. Anscheinend hatte er den Dieb gestört, der dann fluchtartig über den Balkon geflohen war. Das Radio hatte er vermutlich zum Abtransport bereitgestellt, aber in der Eile nicht mitgenommen. Wie gesagt, Paul hatte immer Glück. Damit aber noch nicht genug. Zur gleichen Zeit wurde in der 2. Etage, also neben uns, bei der tunesischen Familie eingebrochen. Der Täter war durch das Badfenster eingestiegen und durch die ganze Wohnung spaziert. Die Familie war aber zu Hause und schlief bereits. Nur der älteste Sohn wurde von den Geräuschen, die der Dieb machte, wach. Als der Einbrecher das bemerkte, flüchtete er ins Badezimmer, verschloss die Tür hinter sich und kletterte aus dem Fenster wieder hinaus. Der Sohn klopfte ganz aufgeregt bei uns und berichtete, was passiert sei. Sie könnten nun auch nicht mehr ins Bad. Georg schaute sich die Tür an und sagte: „Kein Problem, mit einer Zange kann ich den Riegel rumdrehen." Gesagt, getan und schon war die Tür wieder offen. Da der Sohn den Dieb gesehen hatte, rief er die Polizei und gab eine genaue Personenbeschreibung ab. Bei der Gelegenheit wurde auch der Einbruch bei Paul aufgenommen, der sonst natürlich keine Anzeige erstattet hätte. Die Polizisten waren auch nicht sehr freundlich zu Paul. Sie meinten lakonisch, dass er den Einbrecher bestimmt im Café La Rose kennengelernt hätte und dieser sich deshalb in unserem Haus auskennen würde. Diese Behauptung fanden nicht nur Paul, sondern wir alle ziemlich unverschämt. Daraus konnte man allerdings einmal mehr ersehen, dass die Polizei sehr genau wusste, dass es Kontakte zwischen jungen Tunesiern und Touristen gab. An den folgenden Tagen ist die Polizei mehrfach vor unserem Haus vorgefahren. Jedes Mal entstiegen sie dem Fahrzeug mit einem jungen Burschen in Handschellen zwecks Gegenüberstellung bei der tunesischen Familie. Und siehe da, irgendwann war der Richtige dabei. Der Sohn hat ihn tatsächlich wiedererkannt. Seine Mutter, die gut Deutsch sprach, erzählte uns, dass der Dieb wohl früher schon einmal in ihrer Wohnung gewesen sein musste. Seit einiger Zeit vermisse sie ihren Schmuck. Anfangs war sie der Meinung gewesen, dass sie ihn vielleicht in ihrer Erstwohnung in Tunis vergessen hätte. Aber wie sich herausstellte, war das nicht der Fall. Jetzt war auch klar, dass Paul den Burschen natürlich nicht kannte.

Theo hat es nun auch getroffen und das kam so. Friedel und Theo wollten gemeinsam nachmittags zum Kaffeetrinken gehen. Sie verließen das Haus, in dem Theo auf der 1. Etage wohnte, und gingen den Hang hinab. Zwei junge Tunesier kamen ihnen entgegen, die sehr freundlich grüßten. So weit, so gut. Als die beiden nach einigen Stunden zurückkamen, stellte Theo fest, dass jemand in seiner Wohnung gewesen sein musste, denn es fehlten einige Bekleidungsstücke sowie Schmuck. Die Wohnungstür war verschlossen. Wie waren die oder der Täter reingekommen? Des Rätsels Lösung: Direkt unter dem Balkon von Theos Appartement parkte ein Lkw. Der Dieb ist vermutlich am Lkw hochgeklettert, von da aus auf den Balkon und so konnte er ohne Mühe durch die offene Balkontür in die Wohnung gelangen. Es ist ziemlich sicher, dass die beiden Jungs, die vorher so freundlich gegrüßt hatten, die Täter waren, denn nur die konnten sicher sein, dass niemand zu Hause war. Ein spektakulärer Vorfall fällt mir gerade noch ein. Maja, die etwas schrille Berlinerin, wohnte im Zentrum in einem Appartementhaus in der 4. Etage. Über und unter ihr wurde immer an Touristen vermietet, die nur kurze Zeit blieben. Eines späten Abends, Maja war tanzen in der Diskothek, passierte es. In der Etage über ihr wurde eine Party gefeiert. Werner, der dort zeitweise wohnte, hatte auch einige Tunesier eingeladen. Es wurde viel getrunken und ausgelassen gefeiert. Einer der Jungs muss sich dann aber, unbemerkt von den anderen, davongeschlichen haben. Und zwar ist er auf den Balkon hinausgegangen, hat sich eine Etage tiefer auf Majas Balkon heruntergehangelt und ist durch die offene Balkontür eingedrungen. Wie ich bereits erzählt habe, war Maja nicht gut betucht und hatte demzufolge auch keine Reichtümer in der Wohnung. Aber Tunesier sind nicht wählerisch und so hat er Majas Kofferradio unter den Arm genommen und wollte, wie später rekonstruiert wurde, wieder auf den oberen Balkon zurückklettern. Das ging gehörig schief. Er ist aus der 3. Etage abgestürzt und war sofort tot. Das hat Maja doch ziemlich mitgenommen und ihr Nervenkostüm hat das nicht ausgehalten. Sie meinte: „Jetzt ziehe ich ins Hotel, ein Appartement will ich nicht mehr haben", was sie auch tat und bis heute tut, denn wir sehen sie jedes Jahr wieder.

Im Café

Die heißen Sommertage gingen langsam zu Ende und der Alltag nahm seinen Lauf. Bei den deutschen Männern passierte im Moment nicht viel, was erwähnenswert wäre, außer bei Friedel, der gerade aus Bonn zurückgekehrt war. Seine Krankheit hatte ihn in letzter Zeit besonders im Gesicht stark gezeichnet. Wer sich mit HIV auskennt, weiß, dass diese Personen im Laufe der Zeit ein totenkopfähnliches Aussehen bekommen, so auch Friedel. Darüber war er verständlicherweise sehr unglücklich. So hatte ich ihm empfohlen, meinen Bonner Hautarzt aufzusuchen. Ich wusste, dass dieser Gesichtsunterspritzungen machte. Ob das schon Botox war wie heute, weiß ich nicht, jedenfalls war zu dem Zeitpunkt eine solche Behandlung noch etwas Außergewöhnliches. Friedel kam freudestrahlend an unseren Tisch und meinte: „Na, wie sehe ich aus?“ „Ja, toll, das hat sich doch gelohnt.“ Der Haken dabei war aber, die Auspolsterung hielt maximal ein Jahr vor, dann musste sie wiederholt werden. Dazu fehlte Friedel schlichtweg das Geld. Dieses Mal hatte er Glück, er war nämlich privat versichert und die Krankenkasse hatte die Kosten übernommen. Ob sie das ein zweites Mal auch tat, stand dann eher in den Sternen. Aber darüber wollten wir erst einmal nicht sprechen, war Friedel doch sehr euphorisch und brauchte keine Angst zu haben, dass in seinem Umfeld jemand misstrauisch würde und bemerkte, welche Krankheit er hatte. Bei mir blieb trotzdem ein ungutes Gefühl. Er behauptete zwar, dass er grundsätzlich ein Kondom benutze, jedoch hatte ich große Zweifel. Ich wusste aus eigener Erfahrung, dass die Tunesier sich nicht gern ein Kondom überziehen, und Friedel war der Letzte, der deswegen auf Sex verzichten würde.

Gerade kam Carola angewalzt. Man merkte ihr an, dass sie nicht bester Laune war. Ich fragte: „Was ist los, schlechte Laune bei dem schönen Wetter?“ „Das Wetter ist mir egal“, erwiderte sie. „Ich hatte euch doch erzählt, dass ich für gestern Abend ein Rendezvous hätte.“ „Richtig, das war doch der mit dem Mercedes und den guten Manieren, oder nicht?" „Genau der, aber eines kann ich euch sagen, einen Kerl mit einer kleinen Nase nehme ich nie mehr mit nach Hause und schon gar nicht ins Bett." Weitere Rückfragen erübrigten sich dann auch. Eigentlich hätte sie bei ihrem Männerverschleiß wissen müssen, dass man von gewissen Körperteilen auf andere schließen kann. Ich achte außerdem auch noch auf die Hände, sind sie kurz und dick, habe ich ein Problem und verzichte lieber. Aber das war einmal wieder typisch Frau, der Mercedes und das gepflegte Aussehen hatte sie vergessen lassen, dass sie nicht nur auf große Autos steht.

Mittwoch

Es war übrigens wieder einmal Mittwoch und Nasser hatte sich angesagt. Er war wieder pünktlich, meine Ermahnung vom ersten Abend wirkte immer noch nach, obwohl ich ihn bereits seit einigen Monaten kannte. Das Ritual war jetzt immer ähnlich, erst Bier und Chicha, dann Sex. Aber wir unterhielten uns auch über unsere Familien. Von mir gab es nicht viel zu berichten, von ihm aber schon. Seine Eltern waren bereits verstorben. Tunesier haben eine nicht so lange Lebenserwartung wie Europäer. Er war der älteste Sohn und hatte eine verheiratete Schwester. Sie hatte zwei Kinder und wohnte in Kairouan, der heiligen Stadt im Landesinneren. Mit der jüngsten Schwester wohnte er zusammen in Sousse, wie bereits erwähnt. Dann waren da noch eine unverheiratete Schwester und sein jüngster Bruder. Beide lebten auf dem elterlichen Grundstück, auch im Inland. Nasser meinte, er wolle uns sein Elternhaus unbedingt einmal zeigen. Wir könnten doch mit der Louage dorthin fahren. Da ich mich in Tunesien bereits recht gut auskannte, gab ich ihm zu verstehen, dass man das doch nicht hin und zurück mit der Louage an einem Tage schaffen könne. „Kein Problem", meinte er, „ihr könnt auch bei uns übernachten, Platz ist genug da. Für die Versorgung sorgt meine Schwester und außerdem wohnen meine Tante und mein Onkel auf dem Nachbargrundstück, die sind sehr hilfsbereit." Ich habe die Angelegenheit am nächsten Tage mit Georg besprochen. Dem war, genauso wie mir, auch nicht ganz wohl dabei, uns komplett in tunesische Hände zu begeben. Wir hatten bereits gegenüber unserem Leben in Deutschland viele Abstriche gemacht, aber einen gewissen Standard wollten wir schon beibehalten. Ich hatte Nasser natürlich schon ein wenig ausgefragt, wie es denn so bei seiner Familie aussehe. Also ahnte ich auch, dass allein die sanitären Verhältnisse für uns gewöhnungsbedürftig seien. So beschlossen wir, wir hatten das schon länger geplant, einmal mit dem Auto nach Tunesien zu kommen. Das hatte den

Vorteil, dass wir mobiler waren und außerdem Dinge mitbringen konnten, die man hier nicht kaufen kann oder die unverhältnismäßig teuer sind. Beim nächsten Besuch von Nasser erzählte ich ihm von unserem Plan, er fand ihn formidable.

Ramadan

Der Ramadan ist eine besondere Zeit, in der die Doppelmoral ungeahnte Blüten treibt. Zunächst gibt es für Tunesier vier Wochen keinen Alkohol zu kaufen, für Touristen aber schon. Während Mohammed gute Vorsätze hatte und den Ramadan einhalten wollte, sah das bei Nasser ganz anders aus. Mohammed meinte, er sei zwar kein sehr gläubiger Muslim, aber ein Verzicht auf Alkohol für eine gewisse Zeit sei eine gute Selbstprüfung. Immerhin hielt er es dann zwei Wochen ohne Bier und Wein aus, fragte dann aber Georg vorsichtig, ob er nicht vielleicht doch eine Flasche Bier trinken solle, aber nur unter der Bedingung, dass Georg mir das nicht erzähle. Für uns ist das ziemlicher Kinderkram, aber ihre Mentalität sorgt auch bei uns immer wieder für Überraschungen.

Nasser kam auch während des Ramadans regelmäßig zu mir. Sex ist eigentlich auch nicht erlaubt, aber damit hatte er wenig zu tun. Er erzählte mir, dass er noch nie richtig Ramadan gemacht hätte.

Bier trank er selbstverständlich gern bei mir, aber ich musste ihm versprechen, dass ich Georg und Mohammed nichts erzählte. Natürlich versprach ich ihm das. Georg und ich hatten unseren Spaß an so viel kleinkariertem Verhalten. Da Nasser meistens nicht bei mir übernachtete, musste er auch im Ramadan spätabends nach Hause. Dazu putzte er sich dann bei mir noch die Zähne und spülte den Mund gewissenhaft mit Mundwasser aus. Zum Schluss gab es dann noch ein Eukalyptusbonbon. Das alles für den Fall, dass er in eine Polizeikontrolle geriete. Dem wollte er unbedingt aus dem Weg gehen. Um den Polizisten zu schmieren, fehlte ihm das Geld, und es war auch nicht sicher, ob das klappte. Manche Polizisten sind, wenn sie denn gläubige Muslims sind, auch nicht bestechlich. Im Ramadan ist eben vieles anders als sonst. So findet für Tunesier tagsüber, also bis Sonnenuntergang, keine Außengastronomie statt. Da Sousse eine Touristenstadt ist, kann man die Cafés nicht komplett schließen. Aber es findet sich immer eine Lösung, wie man jedem gerecht wird. Die meisten Cafés haben also geöffnet und das geht so: Auf der Terrasse werden die Touristen in eine Ecke verfrachtet, wenn eben möglich, etwas entfernt von der Straße, und ganz normal bedient. Die Fensterscheiben des Cafés sind mit Packpapier oder alten Zeitungen zugeklebt, sodass von außen niemand hineinsehen kann. Aber was sich im Inneren abspielt, verschlägt einem doch den Atem, jedenfalls wenn man das das erste Mal sieht. Dort wird Kaffee getrunken und geraucht und es verschlägt einem das zweite Mal den Atem vor lauter Zigarettenqualm. Lüftungsanlagen gibt es nicht und Türen und Fenster müssen natürlich fest verschlossen bleiben, sonst könnte jemand etwas sehen, was er sowieso schon weiß. Zu diesem Thema fällt mir gerade noch eine kleine Episode ein. Carola hatte ihren Frust schnell hinter sich gelassen. Kurz vor Ramadan hatte sie einen Algerier kennengelernt, knapp unter 30 und wirklich gut aussehend. Wir waren alle sehr angetan von ihm. Er hatte sehr gute Manieren und machte einen gebildeten Eindruck. Er sprach ein sehr gepflegtes Französisch, aber nicht sehr gut Arabisch. Das lag daran, dass er vom Stamm der Berber war. Die sind in Algerien noch sehr stark vertreten und haben sich mit der arabischen Bevölkerung nicht vermischt, was sich auch auf die Sprache auswirkt. Außerdem war er kein Muslim, sondern Christ. Carola war sehr angetan von ihm, aber sie war auch misstrauisch. Sie hatte zwar einen guten Kontakt zu uns schwulen Männern, aber eigentlich sah sie uns auch als Konkurrenten an. Dass uns ihr neuer Freund gefiel, hatte sie längst bemerkt, aber dass hieß doch noch lange nicht, dass einer von uns ihn anmachen wollte. Im Gegenteil, wir gönnten ihn Carola, schließlich waren wir ja auch alle gut versorgt, irgendwie. Schließlich verabredeten wir uns mit Carola und Lunes zum Kaffeetrinken, dieses Mal im Café Andaluz. Wir nahmen alle Platz auf der Terrasse, denn wir waren alle Touristen, also kein Problem, dachten wir. Der Kellner erklärte uns dann auch unmissverständlich, dass er uns alle bedienen würde außer Lunes. Wir versuchten ihm zu erklären, dass Lunes genauso wie wir Christ sei. Daran hatte er wohl seine Zweifel. Lunes sprach ihn dann auf Arabisch an und erklärte ihm, dass er algerischer Berber und Christ sei und jetzt bedient werden wollte. Eigentlich hätte der Kellner ihm glauben müssen, denn das Arabisch von Lunes war, wie er selbst sagte, nicht besonders gut. Aber es war nichts zu machen. Der Kellner meinte dann, das könnte ja alles sein, aber wenn die Polizei vorbeikäme, hätte er ein Problem. Er dürfe eben keinen Muslim bedienen. Dass Lunes in der Lage war, allein mit seiner Identitätskarte auch der Polizei Rede und Antwort zu stehen, konnte ihn nicht überzeugen. So hatten wir keine Wahl, wir mussten eben Lunes zuliebe ins Innere des Cafés gehen, wo einmal mehr der „Bär" tanzte, wo alles qualmte, trank und aß, es lebe die Doppelmoral.

Episoden des Alltags

Die alltäglichen Geschichten sind vielfältig und die eine oder andere erzählenswert, weil ich glaube, dass der Leser an mancher Geschichte Zweifel hat. Trotzdem, sie sind wahr und genauso passiert. Irgendwie ist immer Sex in der Luft, auch wenn man gerade nicht damit rechnete. Wir hatten uns natürlich im Laufe der Jahre auch einen festen Friseur zugelegt. Nach vielen Versuchen waren wir irgendwann bei Rami in Hamman Sousse gelandet. Außer dass er gut Haare schneiden konnte, war er auch sehr sympathisch. Georg konnte nicht wirklich mit ihm kommunizieren, ich schon eher, eben mit meinen wenigen Französisch-Kenntnissen. Mit Rudi ergab sich ein Gespräch über das Haareschneiden und die Friseure, die mit unseren europäischen Köpfen ihre Probleme hatten. So erzählten wir Rudi, dass wir zu Rami nach Hamman Sousse gingen und recht zufrieden waren. „Ach", sagte Rudi, „ich glaube, von dem habe ich schon einmal gehört", und er ließ ihn sich von uns näher beschreiben. „Er ist zwar verheiratet und hat zwei Kinder, ich habe aber gehört, dass er auch gern Sex mit Touristen macht. Aber er soll nicht ganz billig sein, ist eben kein Mann für die erste Stunde." Nun habe ich normalerweise einen gewissen Instinkt dafür, wer empfänglich ist für ein Sex-Abenteuer, aber bei Rami war mir das noch nicht wirklich aufgefallen. „Na", sagte ich, „das nächste Mal werde ich ihn testen." Gesagt, getan! Georg wurde wie immer zuerst bedient, außer uns war niemand im Salon. Nachdem Georg fertig war, gab ich ihm zu verstehen, dass er einmal um den Block spazieren solle, damit ich mit Rami allein sei. Er verstand und verschwand. Während Rami mir die Haare schnitt, das dauert auch viel länger als bei einem deutschen Friseur, legte ich meine Hände auf die Sessellehne. Ich lächelte ihn an und knipste einmal mit dem Auge, was im Allgemeinen auch verstanden wird. Während er weiter mit meinen Haaren beschäftigt war, kam er mit dem Unterkörper ganz dicht an den Sessel heran und drückte seinen Unterleib gegen meine Hand. Schüchtern bin ich nicht und so erzeugte ich einen gewissen Gegendruck. Ich merkte, dass Rami darauf reagierte, und ich wurde noch etwas kesser. So griff ich mit meiner Hand geradewegs an seine Hose und hatte direkt seinen Sipp in der Hand, der bereits steif war. Ich merkte, dass ihn das sehr erregte, und er meinte, hier im Salon könne jeden Moment jemand reinkommen. „Ruf mich am Montag an, dann habe ich frei und wir können ein Rendezvous ausmachen." Das tat ich auch, aber daraus wurde dann nichts. Bei den weiteren Besuchen begann das Spiel dann wieder von vorn, sofern keine anderen Kunden im Salon waren. Mehrmals habe ich versucht, mich mit ihm zu verabreden, aber irgendwie hat es nie geklappt.

Da war ich bei anderen Gelegenheiten schon erfolgreicher. So ging ich einmal auf unsere Dachterrasse, um einige Fotos vom Sonnenuntergang zu machen. An diesem Abend war die Wolkenbildung besonders schön und ich versprach mir gute Bilder. So lief ich kreuz und quer über die Terrasse. Plötzlich bemerkte ich, dass ich vom Nebenhaus beobachtet wurde. Dort stand ein junger Mann, so um die 30, am Fenster und guckte mir interessiert zu. Wir kamen ins Gespräch und er wollte wissen, was ich da so fotografiere. Ich fragte dann auch beiläufig, ob er dort wohne, denn ich hatte ihn vorher noch nie gesehen. Er erzählte mir, dass er erst seit ein paar Wochen dort wohne und zwei Straßen weiter im Restaurant als Kellner arbeite, während seine Frau irgendwo auf dem Lande lebe. Er meinte, er wäre immer viel allein, und wenn er seinen freien Tag hätte, wäre es in der kleinen Dachgeschosswohnung auch ziemlich langweilig. Während des Gesprächs bemerkte ich dann, dass er sich immer wieder flüchtig an die Hose fasste und mich angrinste. Ich sagte: „Wenn du magst, kannst du mich gern besuchen. Ich bin abends auch oft allein und eine Flasche Bier habe ich auch im Haus." „Ach", sagte er, „ich habe gerade heute Abend frei und würde gern zu dir kommen." „Nun", entgegnete ich, „sag mir, um welche Uhrzeit, dann öffne ich die vordere Haustür, damit du ins Haus kommen kannst." „Nein, nein", meinte er, „das möchte ich nicht. Ich steige hier aus dem Fenster und springe dann auf deine Terrasse, ich bin um

20 Uhr da und klopfe bei dir." Na, da war ich aber gespannt, ob das klappte. Die beiden Häuser standen immerhin so dicht zusammen, dass es für ihn sicher nicht allzu schwer war, zu mir rüberzuklettern. Und so klopfte es bei mir pünktlich um acht Uhr, mein Nachbar war da. Ich gab ihm etwas zu trinken, wir redeten ein wenig, dabei kamen wir uns bald näher. Er hatte es allerdings nur darauf abgesehen, geblasen zu werden. Meinen Sipp hat er nicht angefasst. Das kommt übrigens häufig vor, dass die Herren nur bedient werden möchten. Aber zwischendurch ist auch das eine nette Abwechslung. Er kam in den nächsten Wochen noch einige Male zu mir, bis ich ihm mit einer Frau, vermutlich seiner Ehefrau, begegnete, sodass ich ihn erst einmal zu den Akten legen konnte.

Eine weitere Alltagsgeschichte sollte nicht unerwähnt bleiben. Gegenüber unserem Haus, auf gleicher Höhe in der zweiten Etage, beobachtete ich einige jüngere Personen. Wie ich von Friedel erfuhr, der meistens gut informiert war, waren das die erwachsenen Kinder der Hausbesitzer, deren Eltern bereits verstorben waren. Immer am Wochenende wurde dort Party gefeiert, gegrillt wurde auf dem Balkon. So blieb es nicht aus, dass ich interessiert hinüberblickte und das Geschehen beobachtete. Außer einigen jungen Männern waren auch junge Mädchen anwesend. Das soll nur erklären, dass man mit den Mädchen zwar feiert, aber für Sex sind sie tabu, den holt man sich wie in diesem Fall in der Nachbarschaft. Ich stand wieder einmal abends auf dem Balkon und beobachtete das Treiben auf der anderen Straßenseite. Den ältesten Sohn bzw. Bruder kannte ich vom Sehen. Als er mich erblickte, winkte er mir freundlich zu und gab mir ein Zeichen, dass ich rüberkommen solle, wobei er auf den Grill zeigte, ich sollte also mitfeiern. Ich gab ihm zu verstehen, dass ich das nicht wolle und er zu mir kommen könne. Seine Antwort verstand ich so, dass er gern kommen würde, wenn alle Gäste gegangen wären. Einige Zeit später schaute ich vom Balkon aus wieder nach drüben und bemerkte, dass es auf der anderen Seite ziemlich still geworden war. Sla, so sein Name, war gerade damit beschäftigt, den Grill zu löschen. Die Gäste schienen gegangen zu sein. Ich winkte kurz rüber und fragte durch Zeichensprache, ob er zu mir kommen wolle. 10 Minuten später lag er schon splitternackt bei mir auf dem Bett. Auch er wollte nur bedient werden, was mir eigentlich nichts ausmachte. Allerdings in dem Fall war er, obwohl er sehr muskulös war und einen schönen Körper hatte, mit einem sehr kleinen Sipp gesegnet. Ein weiteres Mal ergab es sich, wieder wurde gegenüber gefeiert, dass er mich über Handzeichen fragte, ob er zu mir kommen könne. Inzwischen hatte ich seinen Freund entdeckt, der immer bis zuletzt blieb. Ich gab ihm zu verstehen, dass er seinen Freund mitbringen solle, zwecks „Melange à trois". Das war für ihn auch kein Problem, nur mit dem „flotten Dreier" wurde es nichts. Das ist nicht so gefragt, weil man in bestimmten Situationen auch vor dem besten Freund eine gewisse Scheu hat. Allerdings habe ich es auch anders erlebt. Wie auch immer, der Freund gefiel mir besser und hatte auch ordentlich etwas in der Hose. Das Problem war aber, dass ich an den Freund nur über Sla herankam, allein klappte das nicht. So ließ ich es denn ganz sein, hatte ich doch immer Nasser als ständigen Besucher, mit dem es immer noch viel Spaß machte.

Inzwischen hatte wieder ein neues Jahr begonnen. Es war wieder Sommer und die ersten Touristen reisten an. Aber nicht nur aus Europa, in den Sommermonaten ist Tunesien auch für Algerier und Libyer ein begehrtes Urlaubsziel. Die Libyer kommen mit ihren großen Autos und sind bis abends spät auf der Promenade zu finden. Da es bei Gaddafi keinen Alkohol gibt und Frauen tabu sind, werden diese Defizite in Sousse ausgeglichen. Es gibt nämlich viele tunesische Mädchen, die in Sousse auf den Strich gehen. Manche Leute behaupten, Sousse sei das größte Bordell von Nordafrika.

Der Masseur

Die Algerier, die Tunesien besuchen, sind meistens finanziell nicht so gut ausgestattet. So bleibt es nicht aus, dass die Männer, und nur um die handelt es sich, gern Touristen anmachen, um ihr Taschengeld aufzubessern. An einem schönen Sommertag war ich mit Georg am Strand zum Schwimmen und Sonnen, eben was man am Strand so macht. Ich beobachtete einen gut aussehenden jungen Mann, wie er von Liegestuhl zu Liegestuhl ging und mit den Leuten sprach. Er hatte eine Tasche dabei, sodass ich dachte, er wolle etwas verkaufen. Schließlich kam er auch zu uns, sprach uns auf Englisch an und fragte, ob er sich neben uns setzen dürfe, was uns nicht unangenehm war. Er hieß Abbes und erzählte uns, dass er aus Algerien sei und einige Wochen im Sommer in Sousse verbringen würde. Seinen Aufenthalt würde er sich mit Massagen verdienen, denn das sei sein Beruf, den er auch in der Nähe von Algier ausüben würde. Er fragte, ob wir daran Interesse hätten. Für die Stunde verlangte er 15 Dinare. Georg und ich guckten uns an und meinten, so eine Massage könne nicht schaden und für den Preis solle man es einmal versuchen. Abbes meinte dann, falls wir im Hotel wohnten, wie die meisten Touristen, wüsste er eine Adresse, wo wir hingehen könnten. Das hatten wir ja zum Glück nicht nötig und verabredeten uns für den nächsten Nachmittag mit ihm in unserem Haus. Zunächst ließ Georg sich massieren. Nach etwa einer Stunde kamen beide aus dem Schlafzimmer. „Na", fragte ich Georg, „wie war's?" „Sehr gut und sehr entspannend, man merkt, dass Abbes ein Profi ist", erwiderte Georg. Jetzt tranken wir erst einmal eine Tasse Kaffee zusammen, damit Abbes wieder Kraft schöpfen konnte, denn ich wollte ja auch noch massiert werden. Bei Georg ging es natürlich nur ums Massieren, während das bei mir schon etwas anders war. Abbes gefiel mir richtig gut. Seine große Nase und die langen, gut geformten Hände machten mich schon wieder nervös. Ich legte mich nackt aufs Bett und wartete, was jetzt passierte. Abbes war auch nur leicht bekleidet mit einem T-Shirt und einer Boxer-Shorts. Er rieb mir den Rücken mit Massageöl ein und begann, mich vom Kopf bis zu den Zehenspitzen zu massieren. Ich malte mir schon aus, was passieren würde, wenn ich mich rumdrehen würde und er mich von vorn massierte. Endlich war es soweit. Wieder wurde ich ausgiebig mit Massageöl eingerieben. Dabei vermied er es tunlichst, meinem Sipp zu nahe zu kommen. Ich war allerdings schon ziemlich erregt, sodass ich bereits einen Halbsteifen hatte. Ich überlegte nun, wie ich es am besten anstellen könnte, ihn sexuell zu erregen. Konnte ich mir doch nicht sicher sein, ob er das überhaupt wollte. Aber mein Feingefühl täuschte mich auch dieses Mal nicht. Als er meinen Kopf und meine Brust massierte, kam er mir mit seinem Körper automatisch sehr nahe, er kniete mit seinem Körper über mir, sodass ich ihn anfassen konnte. Ich verdrehte ein wenig die Augen und sagte, dass er göttliche Hände hätte und es mir sehr guttun würde. Dabei strich ich ihm liebevoll über den inneren Oberschenkel und rutschte auch ein bisschen zur Mitte aus. Es passierte, was ich erhofft hatte. Ganz deutlich konnte ich fühlen, wie sich die Shorts immer mehr nach außen wölbten. Er war sichtlich irritiert, packte sich in den Schritt und lächelte mich an. Das machte mir Mut, sodass ich jetzt einmal voll in die Shorts griff und seinen Sipp in der Hand hatte. An Massage war jetzt natürlich nicht mehr zu denken. Ruck, zuck zog er seine Shorts herunter und hielt mir seinen Sipp vors Gesicht. Ich hatte mich nicht getäuscht nach dem Motto: „An der Nase des Mannes …“ usw. Ich habe ihn dann ausgiebig und mit Wollust geblasen. Dabei kam er richtig in Ekstase und schob mir sein XXL-Teil von vorn zwischen die Beine rein. Das flutschte auch gut, geölt hatte er zu Beginn genug, wenn auch eigentlich zum Massieren, aber manchmal kommt es eben anders. Hinterher war er etwas verlegen, tat ziemlich schüchtern und meinte, eigentlich würde er so etwas nicht machen und es wäre ja auch das erste Mal. Ich lächelte ihn nur an und dachte mir mein Teil. So viel Erfahrung konnte man mir schon zutrauen, dass das nicht das erste Mal mit einem Mann war. Aber solche Sprüche hatte ich schon öfters gehört nach dem Motto, ich finde dich nett und ich mache das nur mit dir. Viele Männer entschuldigen sich auch damit vor sich selbst, dass sie das nur tun, weil sie das Geld brauchen. Dann ist das vor Allah und der Gesellschaft nicht so schlimm, man ist schließlich in einer gewissen Notlage. In diesem Fall bekam Abbes aber nur sein Geld für das Massieren, der Rest war „Kundendienst". In den nächsten Wochen hat er uns natürlich noch einige Male besucht, auch abends zum Essen. Er war in Sousse ohne Freunde und dankbar für unsere Einladungen. Nachdem er wieder nach Algerien abgereist war, rief er von dort noch einige Male an und informierte uns, dass es ihm gut ginge und er im nächsten Sommer auf jeden Fall wieder nach Sousse kommen würde. So sollte es auch geschehen, aber dieses Mal unter ganz anderen Umständen.

Das Telefon klingelte, Abbes war am anderen Ende. Georg erklärte er, dass er auf dem Weg nach Sousse sei und noch eine Bekannte mitbringen würde. Er fragte, ob es möglich wäre, dass beide die kommende Nacht bei uns übernachten könnten. Am nächsten Tage würden sie sich dann eine Bleibe suchen. Georg sagte: „Warum nicht, wir sind zu Hause und erwarten euch." So weit, so gut. Es war gerade 11 Uhr abends geworden und Abbes stand vor der Tür. Wir halfen beim Ausladen, denn in dem Auto waren noch andere Leute, die weiterwollten. So lernten wir Jasmin kennen, auch eine Algerierin, außerdem sehr ansehnlich. Sie machte auf Anhieb einen guten Eindruck, sodass wir auch keine Bedenken hatten, beide bei uns übernachten zu lassen, außerdem hatten wir per Telefon auch schon zugesagt. Abbes hielt sich aber nicht lange bei uns auf, sondern meinte, ob es ein Problem wäre, wenn er sich noch mit algerischen Freunden treffen würde und Jasmin allein bei uns lassen würde. Begeistert war ich nicht gerade. Georg ging in seine Wohnung zu Mohammed und ich war dann mit einer fremden Frau allein. Das mag in Europa nicht von Bedeutung sein und niemandem auffallen, aber hier? Eigentlich ist das völlig unmöglich, dass eine Frau sich allein mit einem noch dazu fremden Mann über Nacht zusammen in einer Wohnung aufhält. Jasmin machte aber einen ziemlich weltoffenen Eindruck, sodass ich dachte, vielleicht ist das für Algerier kein Problem. Es war nun schon nach Mitternacht und Jasmin meinte, sie würde jetzt gern zu Bett gehen. Ich bot ihr mein Schlafzimmer an, das mit einem Doppelbett ausgestattet war. Ich sagte ihr, dass sie das Zimmer für sich allein hätte und ich im Wohnzimmer auf der Couch schlafen würde. Sie meinte, das wäre nicht nötig, sie würde das Bett gar nicht benutzen, sondern davor auf dem Boden schlafen. Mein Instinkt sagte mir aber, es sei wohl besser, wenn wir uns in getrennten Zimmern aufhielten. Auf meine alten Tage wollte ich auch nicht mehr umgepolt werden, falls das überhaupt möglich wäre, denn was Sex mit Frauen anbetrifft, bin ich ein hoffnungsloser Fall. Jasmin zog sich also ins Schlafzimmer zurück, ohne die Tür zu schließen, sodass ich sehen konnte, dass sie sich tatsächlich auf den Boden vor das Bett legte und in eine Wolldecke einwickelte. Außerdem war ich immer noch der Meinung, dass Abbes jeden Moment zurückkommen müsse, was aber nicht der Fall war. Er erschien erst am frühen Morgen pünktlich zum Frühstück und entschuldigte sich, dass er nicht nach Hause gekommen sei. Es wäre zu spät gewesen und er hätte bei Freunden übernachtet. Abbes war sichtlich nervös und zog mich in eine Ecke. Ich musste ihm versprechen, dass ich Jasmin nichts davon erzählte, dass er Sex mit mir gemacht hätte. „Na klar", sagte ich, „das ist doch selbstverständlich, das ist unser Geheimnis." Er fügte hinzu, Jasmin sei eine Nutte, und wenn ich wolle, könne ich mit ihr Sex haben. Ich müsse ihm nur Bescheid sagen, er würde das dann schon vermitteln. Jetzt war ich aber doch ziemlich sprachlos und fragte ihn, was er denn für ein Verhältnis zu Jasmin hätte. Na ja, Jasmin wäre seine Cousine und außerdem wäre er auch nicht der, für den ich ihn halten würde. Nun war ich ganz von der Rolle und froh, als sich die beiden verabschiedeten. Ich fragte Abbes, ob er in den nächsten Tagen noch einmal vorbeikommen könne, um Georg und mich zu massieren. Er meinte, das wäre kein Problem, wir könnten ja telefonieren, jetzt müssten sie sich erst einmal um eine Unterkunft kümmern.

Um die Geschichte abzuschließen, muss ich einen Sprung von etwa sechs Monaten nach vorn machen.

Georg und ich waren gerade in Bonn, als das Telefon klingelte. „Hier ist Abbes", meldete er sich. „Nett, von dir zu hören", meinte Georg, „wie geht es dir?" „Ich muss dir etwas erzählen", sagte Abbes. „Du weißt doch, im letzten Sommer in Sousse war ich dort mit Jasmin." „Ja und?", fragte Georg. „Na ja, Jasmin ist schwanger, sie bekommt in drei Monaten ein Baby. Nur, das Problem ist, Jasmin war doch mit deinem Freund Dirk die ganze Nacht allein in der Wohnung und da ist es dann wohl passiert. Wann können wir uns denn in Sousse einmal treffen, um das Problem zu besprechen? Vielleicht könnt ihr Jasmin ein wenig finanziell unterstützen. Allein mit dem Baby, das ist doch recht schwierig." Georg ist fast der Hörer aus der Hand gefallen, aber er hat sofort geschaltet. „Nun, Abbes, wir sind zurzeit in Deutschland, und wann wir wieder nach Sousse kommen, kann ich dir nicht sagen." Ich war außer mir, ich als schwuler Mann sollte ein Kind gezeugt haben. Wo ich mich doch immer als edelschwul bezeichnet habe, denn ich habe niemals mit einer Frau Sex oder Ähnliches gehabt. Abbes rief dann noch mehrfach an. Es ergab sich aber zufällig, dass unsere Mobiltelefon-Verträge ausliefen. Wir wollten sowieso zu einem anderen Anbieter wechseln, sodass wir auch neue Telefonnummern bekamen. Das taten wir dann auch schleunigst, somit konnte Abbes uns nicht mehr erreichen. Später haben wir ihn in Sousse auch nie mehr gesehen. Vielleicht lag es auch daran, dass er immer nur im Hochsommer dort war, während wir diese Zeit lieber in Bonn verbrachten. Das hätte eine böse Falle werden können. Jetzt war mir auch klar, warum Abbes mich mit Jasmin in der Nacht allein gelassen hatte, ein abgekartetes Spiel also. Sein Verhalten ist auch nur so zu erklären, dass die arabischen Männer zwischen Homo und Hetero keinen Unterschied machen. Das wird in dieser Gesellschaft alles verdrängt. Man macht Sex mit einer Frau oder mit einem Mann, egal, es kommt, wie es kommt, oder wie ein Sprichwort sagt: „Loch ist Loch, hätt' ich meinen Thaler noch!" Jedenfalls hatten sie sich in mir ein falsches Opfer ausgesucht.

Kaffeeklatsch

Es traf sich wieder einmal mehr die halbe deutsche Gemeinde im Café La Plage. Heute schaute Friedel nur kurz vorbei. Er hatte nämlich seit einigen Wochen bei einem renommierten Reiseunternehmen eine Anstellung als Reiseleiter gefunden. Der Hintergrund war, dass er von seiner kleinen Rente, die aus Deutschland kam, nicht leben konnte. Bisher hatte er monatliche Einnahmen aus dem Verkauf zweier Geschäfte in Bonn. Der Vertrag war aber erfüllt, sodass er auf seine Rente angewiesen war. Wie man erfahren konnte, machte er seine Sache recht gut. Friedel konnte sich gut ausdrücken und hatte auch die „Schnauze" auf dem richtigen Fleck. Im Übrigen ging es ihm gesundheitlich verhältnismäßig gut. Carola hatte immer noch Kontakt zu Lunes in Algerien. Sie sagte, Lunes hätte angekündigt, dass er in den nächsten Tagen nach Sousse kommen würde Sie meinte dann auch: „Der scheint mich wirklich zu lieben, jedenfalls schreibt er mir das immer über Internet." Ich konnte nicht wirklich verstehen, was Lunes an Carola gut fand, aber das behielt ich für mich. Während er ein gut aussehender junger Mann war, hatte Carola die besten Jahre bereits hinter sich und eine nicht gerade attraktive Figur. Sie gab dann auch einige intime Dinge von sich. „Lunes", sagte sie, „hat scheinbar noch nicht viele Erfahrungen mit Frauen gemacht. Jedenfalls musste ich ihm im Bett erst einmal beibringen, was Frauen alles so für Wünsche haben. Der wusste noch nicht einmal genau, in welches Loch er seinen Sipp stecken muss." Sie meinte aber auch: „Na ja, das spricht doch eigentlich für ihn." Vielleicht hat er aber auch vorher mit Männern rumgemacht. Als ich ihn kennengelernt habe, saß er im Restaurant El Kandel am Nebentisch mit einem Italiener zusammen und der war schwul, das weiß ich hundertprozentig. Ich erwiderte: „Wo ist denn das Problem?" Lunes war zu dem Zeitpunkt gerade in Sousse angekommen und kannte niemanden. Warum sollte er sich nicht mit einem schwulen Mann unterhalten? Carola hatte immer noch große Probleme damit, dass in Nordafrika die Uhren anders tickten und die Männer teilweise sehr flexibel waren. Ob das auf Lunes auch zutraf, ist uns nie aufgefallen. Jedenfalls war er, wenn er nach Sousse kam, immer mit Carola zusammen.

Wie auch immer, heute war Rudi etwas spät dran. „Wo bleibst du nur, die Sonne geht ja bald unter.“ „Ach“, meinte er, „ich habe die halbe Nacht nicht richtig geschlafen. Da ist mir wieder etwas passiert, das muss ich euch unbedingt erzählen.“ „Schieß los“, sagte ich. „Letzte Nacht war ein fürchterlicher Krach auf der Straße, direkt unter meinem Fenster. Rudi war nämlich inzwischen aus der 4. Etage in einen Anbau an der Straßenseite gezogen. Ich öffnete das Fenster und rief alle Schimpfwörter auf Arabisch, die mir gerade einfielen. Dann kehrte endlich Ruhe ein. Was soll ich sagen, gegen 4 Uhr klopfte es leise an der Außentür. Der junge Mann, der vorher den Krach veranstaltet hatte und den ich beschimpft hatte, fällt mir um den Hals und entschuldigt sich. Er küsst mich leidenschaftlich auf den Mund, nimmt meine rechte Hand und führt sie in seinen Schritt, wo ich seinen steifen Schwanz spüre. Unter anderen Umständen wäre mir das alles nicht unangenehm gewesen. Aber wenn man mitten in der Nacht aus dem Schlaf gerissen wird, hat man nicht unbedingt Lust auf Sex. Ich habe die Tür wütend zugeschlagen und geflucht. An Schlafen war jetzt natürlich nicht mehr zu denken.“ „Ja, ja“, meinte Georg, „in diesem Land passieren Dinge, von denen wir in Europa nicht einmal träumen.“

Die Taxi-Lizenz

Inzwischen war Mohammed nicht untätig gewesen. Er hatte jetzt endlich die ersehnte Lizenz zum Führen eines Taxis. Das war für Georg auch wieder mit erheblichen Kosten verbunden, denn Mohammed bekam alle Genehmigungen für die hiesigen Verhältnisse in Rekordzeit, das heißt, es floss Bakschisch. Es müssen noch einige Prüfungen abgelegt werden, obwohl er bereits den Führerschein für Pkw, Bus und Lkw hat. So musste er den Stadtplan auswendig kennen, alle Hotels, Krankenhäuser etc. Das wurde bei einer Behörde geprüft, was Mohammed mit Bravour bestanden hat, hier auch ohne Bakschisch. Die letzte Prüfung führt dann noch die Polizei durch. Und das geht so, er muss mit einem Polizisten mit dem Taxi durch die Stadt fahren. Der Polizist sagt ihm, wohin er fahren soll, und er muss das Ziel auf dem kürzesten Weg finden. Mohammed meinte, das sei für ihn kein Problem, aber einige Scheine Dinar sollte man schon bereithalten. So weit, so gut, alles hatte wieder einmal geklappt.

Mit dem Taxi-Führerschein rechnete sich Mohammed bessere Chancen aus, eine beständige Arbeit zu finden. Es ergab sich, dass der Mann seiner Mutter, also sein Stiefvater, eine Taxi-Lizenz besaß, die er aus Altersgründen verkaufen wollte. Die Familie wohnte in einem schuldenfreien Haus, der Vater hatte außerdem noch Ländereien verpachtet, sodass er auf das Taxifahren nicht mehr angewiesen war. Eines Abends kam Mohammed nach Hause und wusste zu berichten, dass er die Möglichkeit hätte, die Lizenz von seinem Stiefvater zu bekommen. Das war mal eine richtig gute Nachricht. Da der Staat keine neuen Taxi-Lizenzen vergab, wohl um zu vermeiden, dass zu viele Taxen rumfahren, war das eine große Chance, an eine Lizenz zu kommen. Wir redeten ihm zu, sich auf jeden Fall mit seinem Stiefvater zu einigen. Wenige Tage später kam Mohammed mit der frohen Botschaft, dass sein Stiefvater bereit sei, ihm die Lizenz zu verkaufen und das Taxi vorerst zu vermieten. Es stand auch schon ein Termin beim Notar fest, um alles auch rechtlich abzusichern. Der große Tag rückte heran. Mohammed zog sich seinen besten Anzug an, Georg musste ihm die Krawatte binden und los ging's. Stunden später kam Georg herauf und erzählte mir: „Stell dir vor, Mohammed ist gerade zurück von seiner Mutter." Ich entgegnete: „Ich denke, der wollte sich mit seinem Stiefvater treffen, um zum Notar zu gehen." „Ja schon", sagte Georg, „sie hatten sich aber bei seiner Mutter verabredet. Sein Stiefvater war aber gar nicht dort. Seine Mutter musste Mohammed schonend beibringen, dass sein Stiefvater sich das kurzfristig anders überlegt hätte und die Taxi-Lizenz seinem leiblichen Sohn aus erster Ehe geben würde." Na, das war ja ein Hammer. Wie konnte er denn Mohammed Hoffnung machen und auch noch den Termin beim Notar platzen lassen. Ich kann die Menschen hier manchmal nicht verstehen. Das ist schon ein merkwürdiger Familiensinn. Georg pflichtete mir bei und sagte: „Mohammed hat sich erst einmal hingelegt zum Schlafen. Er ist mit den Nerven völlig fertig." Das wäre doch der Durchbruch zu einer soliden Arbeit gewesen, wieder einmal war Mohammed auf der Verliererseite, er tat mir wirklich leid.

Die Verlobung

Inzwischen war Lunes aus Algerien eingetroffen. Carola erzählte uns, dass er nur eine Woche Urlaub bekommen hätte und nur ihretwegen gekommen sei. „Stellt euch vor, Lunes hat mir einen Heiratsantrag gemacht. Ich weiß noch gar nicht, was ich davon halten soll", sagte sie. Das waren einmal wieder interessante Nachrichten, aber da kamen natürlich einige Probleme auf Carola zu. „Wie soll das denn alles ablaufen?", fragte ich. „Du lebst in Deutschland, Lunes in Algerien, wo er auch eine gute Arbeit hat."

Carola meinte: „Ja, nach Deutschland will ich ihn nicht holen, er spricht ja kein Wort Deutsch und außerdem muss ich dort für ihn bürgen. Die Arbeitslosigkeit ist dann doch bereits vorprogrammiert. Lunes möchte gern, dass ich mit ihm nach Algerien komme, aber das weiß ich noch nicht. Ich müsste dann meine Wohnung in Mainz aufgeben und bin in Algerien mit Lunes und seiner Familie allein." „Das ist schon ein ziemliches Abenteuer", gab ich zu verstehen. „Die zweite Möglichkeit wäre, dass wir nach Frankreich gingen, genauer gesagt, nach Marseille. Lunes meint, dort bekäme er Arbeit, und da ich ganz gut Französisch spreche, wäre das auch kein Problem." „Aber Frankreich ist in der EU", sagte ich, „er bekommt doch keine Einreise." „Anscheinend doch", meinte Carola, „ein Teil seiner Familie lebt nämlich in Marseille.

Jedenfalls haben wir uns gestern Abend erst einmal verlobt. Was daraus wird, weiß ich noch nicht."

Na ja, dachte ich, ob das denn alles so richtig ist. Carola hatte ich inzwischen als eine sehr unschlüssige Person kennengelernt, ich konnte mir nicht vorstellen, dass sie sich so in die Hände eines Mannes begab. Schließlich war sie finanziell unabhängig und hatte eine ausreichende Pension als Beamtin. „Also, wenn ihr euch verlobt habt, steht wohl auch bald eine Hochzeit ins Haus, oder nicht?", klopfte ich mal eben so auf den Busch. „Na mal sehen, aber in diesem Jahr nicht mehr", erwiderte Carola. „Wir hatten an nächstes Frühjahr gedacht, so April oder Mai, das ist eine sehr schöne Zeit hier und Lunes wäre auch einverstanden. Außerdem müssen wir noch die ganzen Formalitäten in Ordnung bringen. Wir müssen ja hier in Sousse heiraten. Lunes und ich haben uns gedacht, dass ihr beide unsere Trauzeugen sein sollt, was sagt ihr dazu?" Georg und ich guckten uns an und kamen uns schon ein bisschen geschmeichelt vor. Ausgerechnet wir, wo es in der deutschen Kolonie noch andere Personen gab, die mit Carola gut befreundet waren. Aber wie auch immer, wir sagten zu. Zu Hause besprach ich die Angelegenheit noch einmal mit Georg. Am Ende kamen wir beide zu der Einsicht, dass das alles ziemlich abenteuerlich sei. Eigentlich war Lunes für Carola viel zu schade. Er war ein wirklich liebenswerter Typ, wogegen Carola etwas ordinär war, was er natürlich aufgrund der verschiedenen Sprachen nicht wirklich erkennen konnte. Nur einmal, da saßen wir beim Kaffeetrinken auf der Terrasse La Plage. Carola hatte sich mit Lunes unterhalten, plötzlich sage er auf Französisch: „Du bist vulgär." Sie antwortete auf Deutsch, was er zum Glück nicht verstand: „Ach, das ist noch gar nichts, du sollst einmal erleben, wenn ich richtig loslege." Die Zuneigung von Lunes konnte ich mir nur so erklären, dass er keine großen Erfahrungen mit Frauen hatte und Carola ihn im Bett ziemlich forderte, was ihm wohl gut gefiel. Nur, ob das für eine Ehe unter diesen Umständen reichen würde, wagte ich zu bezweifeln.

Intermezzo

Die Wintermonate gingen dahin, es regnete viel und war auch manchmal sehr kalt. So können nachts die Temperaturen leicht unter 10 Grad Celsius gehen. Dann muss man den Heizofen beim Fernsehen einen Meter vor sich hinstellen, damit man es etwas warm hat. Mit den Geräten ist es nicht möglich, ein so großes Zimmer mit einer Deckenhöhe von über 3 m zu heizen. Eine Stunde vor dem Schlafengehen kommt der Heizkörper ins Schlafzimmer, damit es dort etwasverschlagen ist. Das Gerät wird mit einer Gasflasche betrieben. Es die ganze Nacht durchlaufen zu lassen, traute ich mich nicht. Solle die Flamme einmal ausgehen und das Gas ausströmen, wäre ich am anderen Morgen nicht wieder aufgewacht. So dachte ich in dieser Zeit oft an meine schöne Wohnung in Bonn, wo natürlich alle Zimmer geheizt waren. Tagsüber war hier die Lebensqualität aber doch besser. Es regnete meistens nur kurz und danach konnte man wieder im Café sitzen und sich mit Bekannten treffen, was wir auch taten. Friedel kam zum Kaffeetrinken und wusste zu berichten, dass er, als er das letzte Mal in Bonn war, mehrere Einladungen für Tunesier mitgebracht hätte, die nach Europa wollten. Um ein Visum zu bekommen, muss man nämlich erst einmal eine Einladung von einem Europäer bei der entsprechenden Botschaft vorlegen. Friedel kannte einen Rechtsanwalt, der früher in Deutschland gelebt hatte, der diese Aufenthalte vermittelte. Das war natürlich illegal, aber damit hatte Friedel nichts zu tun. Er fragte, ob wir, wenn wir in Kürze nach Deutschland führen, auch jemanden pro forma einladen würden. Der Anwalt würde für jede Einladung 300 Dinare zahlen. „Wenn ich jemanden einlade“, sagte ich, „bin ich doch auch für ihn verantwortlich, wenn der in Deutschland etwas anstellt, oder vielleicht nicht?“ „Ja schon“, meinte Friedel, „aber die meisten bleiben nur einen Tag und fahren sofort weiter nach Frankreich oder Belgien, schon allein wegen der Sprache.“ Auf so einfache Weise sich etwas Geld nebenher zu verdienen, reizte mich schon, aber das Risiko war mir doch zu groß, sodass ich absagte. „Schade“, meinte Friedel, „ich habe das letzte Mal gleich vier Einladungen mitgebracht.“ Später stellte sich heraus, dass die deutsche Botschaft in Tunis alle vier Visumsanträge abgelehnt hatte. Da hatte Friedel wieder maßlos übertrieben. Wenn er nach und nach eine Person einlädt, kann das vielleicht funktionieren, aber vier auf einmal? Da muss die Botschaft ja stutzig werden. Der Haken bei der Geschichte war der, dass der Anwalt für die Einladungen bereits 1.200 Dinare an Friedel bezahlt hatte, die er natürlich zurückhaben wollte. Friedel meinte nur lakonisch: „Der bekommt von mir nichts zurück, hat er eben Pech gehabt.“ So ist das eben, wenn man illegale Geschäfte macht.

Inzwischen kam Nasser am Wochenende manchmal den ganzen Tag. Dann wurde gekocht, was wieder mit Problemen verbunden war. Während Mohammed alles aß, was er vorgesetzt bekam, war Nasser ziemlich mäkelig. Dass er nichts vom Schwein aß, wir brachten uns immer Schinken und Dauerwurst aus Deutschland mit, konnte ich verstehen. Ein gläubiger Muslim war er zwar nicht, aber Schweinefleisch essen, das ging gar nicht. So wurde oft Geflügel zubereitet. Am liebsten aß er „cuisse de poulet“, also Hähnchenschenkel, dazu Gemüse oder Salat und Kartoffelpüree. Um etwas Abwechslung in den Speiseplan zu bringen, meinte Georg, wir könnten auch einmal Nudelauflauf machen. Die Zutaten dafür gab es ja hier, denn wir hatten uns auch daran gewöhnt, dass es nur Hackfleisch vom Rind gab und nicht, wie wir es gewöhnt waren, halb und halb. Das war dann auch ein voller Erfolg, Nasser schmeckte es. Allerdings „cuisse de poulet“ blieb immer sein Lieblingsessen. Gerade hatten wir eine Phase, in der nichts Besonderes passierte. Paul tingelte rum und hatte mal hier, mal da einen Jungen kennengelernt. Das hielt meistens nicht lange, denn Paul war sehr sparsam, um nicht zu sagen, geizig. Es ist eben so, wenn man mit einem Tunesier längere Zeit zusammen sein möchte, stellt der auch größere Ansprüche. Das ging nun mit Paul gar nicht. Obwohl er nach meinem Wissen von uns allen das meiste Geld monatlich zur Verfügung hatte, war er der Sparsamste und das, obwohl er in Deutschland keine Verwandten oder Familie hatte. Rudi hatte sich in letzter Zeit mit einem jungen Tunesier angefreundet, der auch bei ihm wohnte, da er eigentlich aus Tunis stammte. Da seine Eltern bereits verstorben waren, hatte er vom tunesischen Staat ein Stipendium bekommen, um in Sousse zu studieren. Das Geld reichte natürlich vorn und hinten nicht. Rudi war aber ziemlich verknallt in den Jungen, der übrigens schwul war. Er unterstützte ihn so gut es eben ging, was Paul nie eingefallen wäre. Georg und ich taten ja auch unser Bestes für Mohammed und Nasser. Friedel zog, wenn er nicht arbeiten musste, mit Theo durch die Landschaft, immer auf der Suche nach Frischfleisch. Friedel war der Meinung, einen Jungen dürfe man maximal drei Mal mitnehmen, sonst würden sie zu anhänglich und noch dazu auch teuer. Das stimmte schon irgendwie, aber weder mir noch Georg gefiel das wirklich. Hatten wir in der Vergangenheit doch genug Abwechslung gehabt. Obwohl ich mit Nasser jetzt fest befreundet war, passte das Mohammed nicht. Schon bevor ich Ramsi kennengelernt hatte, sagte er immer: „Du musst dir einen festen Freund zulegen." Ramsi fand er dann aber auch nicht gut, leider hatte er recht behalten. Und jetzt gefiel ihm Nasser auch nicht. Ich konnte es ihm wohl nicht recht machen, oder war es vielleicht eine gewisse Eifersucht?

Carola tingelte trotz Verlobung noch immer mit anderen Männern herum, obwohl sie doch mit Lunes verlobt war. Der war natürlich wieder in Algerien, musste schließlich arbeiten. Sie hielt mit ihm aber ständig Kontakt über Internet. So erfuhren wir, dass Lunes die Papiere für die Hochzeit im nächsten Jahr vorbereitete. Carola wollte das Gleiche tun, wenn sie das nächste Mal in Deutschland wäre, hatte aber manchmal doch Zweifel, ob sie wirklich heiraten wollte. Sie war sich auch noch nicht mit Lunes einig geworden, ob sie nun nach der Hochzeit in Algerien oder in Marseille leben wollten. So vergingen die Wintermonate und das nächste Frühjahr kündigte sich an. Nachdem wir vier

Wochen in Bonn verbracht hatten, machten wir nun endgültig unseren Entschluss wahr und kamen mit dem Auto nach Tunesien. Das hört sich schlimmer an, als es ist. Es gibt zwei Routen, eine über Genua und die andere über Marseille und mit der Fähre nach Tunis. Friedel, der diesbezüglich schon erfahren war, hatte sein Auto schon seit einigen Jahren dabei. Er riet uns, die Route über Marseille zu wählen, weil das die beste Strecke von Bonn aus wäre, während man von Berlin oder Leipzig aus besser über Genua fahre. So taten wir es dann auch. Also machten wir eine Tagestour bis kurz vor Marseille und übernachteten dort im Hotel an der Autobahn. Am anderen Morgen mussten wir gegen 11 Uhr im Hafen von Marseille am Tor stehen. Dort trudelten nach und nach immer mehr Fahrzeuge ein, schätzungsweise 200 Pkw konnte die Fähre wohl befördern. Für die Überfahrt, die durchschnittlich 22 Stunden in Anspruch nimmt, hatten wir für die Nacht eine Kabine gemietet. Das ist dann wie eine kleine Kreuzfahrt und auch ziemlich stressfrei. Das Auto hatten wir natürlich vollgeladen mit Konserven, wie z. B. Gewürzgurken und Gemüse. Alles Sachen, die es nicht gab oder nur in der Erntezeit, da nur wenig importiert wurde. In Deutschland sind wir dagegen ganz schön verwöhnt, wo man im Dezember Spargel und Erdbeeren bekommt. Aber so versnobt sind wir nicht. An das etwas einfachere Leben hatten wir uns inzwischen gewöhnt. Dann waren da noch die vielen Geschenke für Mohammed und Nasser. Es gibt zwar in Tunesien alles zu kaufen, aber meistens von geringer Qualität. Und unsere Partner hatten wir schon ganz schön verwöhnt. Die wollten nur noch Sachen aus Deutschland haben. Für mich kam noch dazu, dass ich Amira, die 4-jährige Tochter von Nasser, mit Bekleidung versorgen musste. So war unser Auto bis auf die letzte Ecke vollgepackt. Von La Golette, dem Hafen von Tunis, fährt man auf der Autobahn ungefähr noch zwei Stunden bis Sousse, Stress kommt also nicht auf. Der Empfang bei unseren Freunden war natürlich dementsprechend. Für sie war das wie Hammelfest und Geburtstag zusammen. Außer dass wir beide ein ausgeprägtes Helfersyndrom haben, macht es uns auch Freude, Menschen zu beschenken und denen zu helfen, die nicht so mit irdischen Gütern gesegnet sind wie wir. Schuhe, Hosen, Hemden und natürlich Körperpflegemittel sind hier sehr teuer. Der große Renner ist allerdings Parfüm, am liebsten französische Marken. Da unsere Freunde das Parfüm gern auch als Raumspray benutzten, Mohammed ist da Experte, gab es ein Lagerfeld oder Boss oder was sonst noch in Deutschland im Angebot war. Dann noch einige Flaschen Billigparfüm vom Discounter.

Ausflug in die „Campagne“

Jetzt hatten wir unser Auto dabei, so konnten wir für die nächste Zeit gleich einige Exkursionen in die „Campagne“ planen. Nasser konnte es gar nicht abwarten, uns sein elterliches Anwesen vorzuführen. So planten wir den Tagesausflug für das übernächste Wochenende. Früh am Morgen holten wir Nasser mit Töchterchen Amira ab und es ging zunächst nach Kairouan. Dort machten wir Pause bei seiner ältesten Schwester. Obwohl Laila selbst drei Kinder hat, wird Amira dort häufig mit versorgt. In dieser Familie hilft man sich noch gegenseitig, wie das eigentlich in arabischen Familien üblich ist. Bei Mohammeds Familie war das leider ganz anders. Während des Aufenthalts fiel mir auf, dass im Fernsehen nur tunesisches Programm lief. Ich fragte Nasser, ob seine Schwester kein Satelliten-Fernsehen hätte. Er meinte, das würde sein Schwager nicht dulden. Dann könnten die Frauen, wenn er arbeiten wäre, europäische Sender gucken. Was also in Sousse selbstverständlich war, ging hier auf dem Land gar nicht, zumal in Kairouan, der viertheiligsten Stadt des Islam. Seine Schwester trug zwar kein Kopftuch, aber im Fernsehen könnte doch zu viel nackte Haut geboten werden. Nach einem kleinen Imbiss verabschiedeten wir uns und fuhren Richtung Nasrallah. Dort angekommen, meinte Nasser, dass wir noch eine halbe Stunde fahren müssten. Das elterliche Grundstück lag etwas abseits der Hauptstraße, wir würden sagen, in der „Walachei“. So fuhren wir dann noch einige Kilometer weiter, bis Nasser zu Georg sagte: „Du musst jetzt links abbiegen.“ Georg erwiderte: „Da ist doch gar keine Straße.“ „Doch“, meinte Nasser, „wenn du diesen Weg hier zwischen den Kakteen immer geradeaus fährst, dann sind wir gleich da.“ Ich merkte, das passte Georg überhaupt nicht. Er ist nämlich mit seinem Auto sehr eigen, ich glaube, eine deutsche Tugend. So kurz vor dem Ziel umdrehen, das ging aber auch nicht, das war Georg wohl klar. So tuckerten wir mit 10 Stundenkilometern über die Sandpiste, immer darauf bedacht, die Vertiefung des Weges in der Mitte zu halten, damit der Wagen nicht wegrutschte. Schließlich verbreiterte sich der Weg und links und rechts zwischen den Olivenbäumen und den Kakteen tauchten Häuser auf. Nasser zeigte auf ein Grundstück mit einer Toreinfahrt und sagte: „Da ist es." Er sprang aus dem Auto, öffnete das Tor, damit Georg in den Innenhof hineinfahren konnte. Denkste, das klappte nicht. Das Tor war zu schmal oder aber der Wagen zu breit. So musste Georg sein geliebtes Auto draußen stehen lassen. Inzwischen hatte sich nämlich schon eine Schar Kinder angesammelt, die uns und unser Auto bewunderte. Hier in dieser Gegend passierte nicht viel, sodass wir eine kleine Sensation waren. Nasser merkte man an, dass er ein wenig stolz war, seinen Nachbarn zu zeigen, dass er europäische Freunde hatte. Das wünscht sich hier nämlich jeder, schon aus kommerziellen Gründen, soll heißen, man lässt sich gern reich beschenken. Natürlich hatten wir wieder viele Geschenke dabei, die es zu verteilen gab. Zunächst kam seine noch unverheiratete Schwester Selma und begrüßte uns. Dann sein Bruder, der jüngste seiner Geschwister. Ein hübscher Bursche, wie aus dem Bilderbuch. Ich dachte, wenn man den in saubere Kleidung steckt, könnte man ihn auch als Modell auf den Laufsteg schicken. Dann waren da noch seine Tante, in landesüblicher Tracht, sowie sein Onkel. Beide waren zur Feier des Tages herübergekommen, um uns zu begrüßen. Unterhalten konnte man sich nicht, bis auf ein freundliches „Bonjour Madam" bzw. „Monsieur" ging da nichts. Die Tante hatte es sowieso eilig. Sie war gerade damit beschäftigt, im Backofen, der sich auf den Hof befand, Fladenbrot zu backen, wohl für das Essen, das man extra für uns vorbereitet hatte. Nasser meinte, falls wir nach der langen Fahrt in der Hitze duschen wollten, ginge das auch. Es war zwar kein Bad oder eine Dusche vorhanden, aber es gab eine tunesische Lösung. Er meinte, er würde im Wohnzimmer den Teppich wegnehmen und uns im Eimer warmes Wasser bringen. „Und dann?", fragte ich. „Das schütte ich euch dann über den Körper."

„Und wo bleibt das Wasser?", fragte ich. „Na, das versickert im Boden, der ist doch gestampft." Fliesen, wie hier eigentlich üblich, gab es nicht. Alles sehr seltsam für Europäer, er wusste doch schließlich, wie wir in Sousse lebten. Wir haben uns dann herzlich bedankt und meinten, na, so verschwitzt seien wir auch wieder nicht und heute Abend könnten wir in Sousse wieder eine Dusche nehmen. Das Haus bestand nämlich aus zwei Räumen. In einem wurde gewohnt, im anderen wurde geschlafen. Über die Einrichtung möchte ich nicht weiter berichten, aber es war alles sehr einfach. Schränke im Schlafzimmer gab es nicht, sondern nur Mauernischen, in denen die Wäsche gestapelt wurde, und zum Schlafen nur Schaumstoffmatten. So war es schon gut, dass wir von vornherein abgelehnt hatten, dort zu übernachten. Wir nahmen im Wohnzimmer an einem wackeligen Plastiktisch Platz. Das Essen wurde aus einem Gebäude gegenüber herübergebracht. Da war wohl die Küche oder so etwas Ähnliches. Auch die Toilette muss dort gewesen sein, ich habe sie mir erst gar nicht angeschaut. Nach dem Essen, es gab „Poulet", man hatte extra ein Huhn für uns geschlachtet, gingen wir mit Nasser erst einmal spazieren. Er wollte uns unbedingt die Gegend rund um das Grundstück zeigen. Es war eine triste Landschaft, außer Kakteen und Olivenbäumen wuchs hier wohl nichts. Es war Nasser aber noch wichtig, uns zum Friedhof zu führen, wo seine Eltern und andere Familienangehörige begraben waren. „Das große Haus, an dem wir gerade vorbeigekommen sind", sagte Nasser, „gehört einem weiteren Onkel von mir. Er ist ziemlich reich, denn ihm gehören fast alle Olivenfelder rings herum. Außerdem sind seine Felder bewässert, wie ihr sehen könnt, und unsere nicht. Das sieht man gleich an der unterschiedlichen Größe der Früchte." Da hatten wir gleich wieder etwas gelernt. Oliven brauchen auch viel Wasser, um große Früchte hervorzubringen. Zurück im Innenhof versammelte sich zum Abschied die ganze Familie. Zum Andenken machten wir natürlich noch einige Fotos und setzten uns wieder in Bewegung in Richtung Sousse.

Intermezzo

In den nächsten Wochen machten wir noch einige Ausflüge mit dem Auto in den Süden, wo wir uns römische Ausgrabungen anguckten, die von den Reisegesellschaften nicht angefahren werden. Das größte Amphitheater der Welt nach Rom steht in El Djem, aber das kannten wir natürlich schon. Nasser konnte jetzt nicht mehr so oft mit uns fahren. Er hatte Arbeit gefunden bei dem neuen Flughafen-Projekt von Enfidah. Das ist in der Nähe von Hammamet. Es soll ein großer, internationaler Flughafen werden, der dann die Touristen, die nach Hammamet und Nabeul wollen, bedient.

Mohammed war sowieso nicht daran interessiert, mit uns durch die Landschaft zu fahren. Außerdem wäre er auch mit Taxifahren beschäftig. So fuhren wir beide für einige Tage nach Tabarka. Dort wollten wir, da wir uns schon auskannten, einmal im Hotel Mimosa wohnen. Das fanden wir so toll, weil es über dem Ort am Berghang lag. Man hatte von dort einen wunderbaren Blick auf Tabarka und die Küste. Leider hatten wir die Rechnung ohne den Wettergott gemacht. Es hat doch tatsächlich zwei Tage ununterbrochen geregnet. Ein Verlassen des Hotels war kaum möglich mit Ausnahme von kleinen Regenpausen. So beschlossen wir, am nächsten Tag durch die Berge, also die Ausläufer des Atlasgebirges, nach Sousse zurückzufahren. In den Bergen dann, in Richtung El Kef, erwischte uns ein weiteres Unwetter. Ich hatte nur Angst, dass wir in einen Steinschlag kämen, denn es lagen schon genug Steine auf der Straße. Aber es ist alles noch einmal gut gegangen. Nachdem wir ins Tal kamen und El Kef in Sicht war, klärte es sich auf und die Sonne schien wieder aus allen Rohren.

Die nächsten Monate passierte nichts Ungewöhnliches. Die Aufenthaltsgenehmigung für unser Auto lief auch ab. So machten wir den vorgebuchten Termin für die Fähre nach Frankreich beim Reisebüro fest. Dann gab es aber doch noch eine Überraschung. Eigentlich zwei, eine gute, wie ich meinte, und eine schlechte. Nasser hatte sich für das letzte Wochenende vor unserer Abreise angekündigt. Er arbeitete ja bereits seit einigen Monaten am neuen Flughafenprojekt und verdiente etwas Geld. Während wir wie immer im Wohnzimmer zusammensaßen und Chicha rauchten, meinte er plötzlich, er wolle jetzt etwas für Amiras Zukunft tun, nur dazu fehle natürlich das Geld. So erzählte er mir, es gäbe in Sousse ein Projekt für arme Familien. „Und ich bin ja arm und ich habe mich auch erkundigt, ich komme für das Projekt infrage", meinte er. „Und was ist das?", fragte ich. „Im Stadtteil Cité Sehour (auf Deutsch Blumenstadt) werden Häuser für bedürftige Familien gebaut. Der Staat gibt die Häuser zu einem Vorzugspreis ab. Die ersten zwei Jahre braucht kein Abtrag gezahlt werden, danach monatlich 200 Dinare." Das hörte sich ganz gut an, denn jetzt musste er auch schon 150 Dinare für eine Wohnung bezahlen. Er meinte, er würde das schon schaffen. „Der Haken bei der Sache ist nur, ich brauche sofort 5000 Dinar als Anzahlung", sagte er. „Kannst du mir die beim nächsten Mal mitbringen?", fragte er. Ich erwiderte: „Darüber muss ich erst noch einmal nachdenken, aber es wird wohl klappen." Aber bevor ich mich endgültig entschiede, würde ich das Haus gern sehen. Nasser hatte mir nämlich erzählt, dass die Häuser bereits im Rohbau fertig seien. Gesagt, getan, wir hatten das Auto ja noch zur Verfügung. So fuhr ich zusammen mit Georg und Nasser nach Cité Sehour. Es handelte sich um eine Reihenhaus-Siedlung. Das Haus bestand aus zwei Schlafzimmern, dem Salon, Küche und Badezimmer. Ein kleiner Garten war dahinter sowie eine kleine Terrasse zur Straße. Das Objekt machte einen guten Eindruck, sodass ich endgültig beschloss, das Geld lockerzumachen. Mein Helfersyndrom hatte wieder einmal über die Vernunft gesiegt.

Zwei Tage vor unserer Abreise hatte Mohammed wohl „Katzenjammer" und versucht, diesen mit Alkohol zu vertreiben. Am nächsten Morgen kam Georg etwas verstört nach oben in die Wohnung. Er meinte: „Gestern Abend war Mohammed ziemlich betrunken und dabei hat er mir mit besoffenem Kopf etwas gebeichtet, was ich dir natürlich nicht erzählen darf." „Soso", entgegnete ich, „dann schieß mal los." „Mohammed ist doch verheiratet und das schon seit fünf Jahren." Ich musste erst einmal schlucken, aber es kam noch schlimmer. Außerdem hat er zwei Kinder, ein Mädchen von vier und einen Jungen von zwei Jahren." Ich war völlig sprachlos. Als ich meine Fassung einigermaßen wiedererlangt hatte, fragte ich Georg, wie das denn die ganze Zeit funktioniert habe. „Er ist doch fast immer hier, was sagt denn die Frau dazu?" „Na ja", meinte Georg, „schon, aber wenn du dich erinnerst, in der Vergangenheit gab es oft Pausen, wo er hier nicht aufgetaucht ist. Er hat das immer damit entschuldigt, dass er noch an seiner Wohnung bauen müsse und dann auch dort schlafe." „Und wie soll das jetzt weitergehen?", fragte ich Georg. Er erwiderte: „Seine Frau hat natürlich längst gemerkt, dass ihr Mann zu mir mehr als nur eine Freundschaft unter Männer hat. Die Frauen wissen hier sehr genau, was ihre Männer treiben, wenn sie abends nicht nach Hause kommen." Dass Mohammed nicht wirklich schwul war, war uns schon lange klar. Aber verheiratet und gleich zwei Kinder? Damit hätte keiner gerechnet. Ich fragte: „Wo wohnt denn die Familie?" „Die haben bisher in Mohammeds neuer Wohnung gelebt. Inzwischen ist seine Frau mit beiden Kindern nach Nabeul zu ihren Eltern gezogen." „Lass uns erst einmal zurück nach Deutschland fahren", sagte ich zu Georg, „dort können wir die neue Situation in Ruhe besprechen." Ich konnte mir das Verhalten Mohammeds nur so erklären, dass er Druck von der Familie bekommen hatte. Mit 30 Jahren ist so die Grenze, da muss ein Mann verheiratet sein, sonst gibt es richtig Ärger. Unter diesen Umständen konnte die Ehe natürlich nicht wirklich funktionieren, aber das war der Familie egal. Hauptsache, der Schein nach außen und zu den Nachbarn wurde gewahrt. Heile Welt, Inschallah!

So fuhren wir dann mit dem Auto über Tunis und Marseilles zurück nach Deutschland, wo wir versuchten, die Neuigkeiten geistig zu verarbeiten. Ich ließ Georg erst einmal in Ruhe, aber ich merkte bald, dass er auf Mohammed nicht verzichten wollte.

Jetzt wäre eigentlich der richtige Zeitpunkt gekommen, den Absprung zu wagen. Schließlich hatte Georg allen Grund dazu. „Wer weiß, was da noch alles auf dich zukommt", sagte ich zu Georg, „wie ist denn die finanzielle Lage geregelt?" „Mohammed muss natürlich für die Frau und beide Kinder bezahlen." „Und wie viel ist das?", fragte ich. „Das sind insgesamt 150 Dinare monatlich. Das ist aber noch nicht alles", meinte Georg. „Wie mir Mohammed gesagt hat, steht eine Klage seiner Frau ins Haus auf Unterhalt für die Zeit, bevor sie nach Nabeul zurückgegangen ist. Mohammed hat ja bisher noch nichts bezahlt." „Das kann ja noch ganz schön teuer werden. Vielleicht sollte er erst einmal sein Auto verkaufen, was er noch immer vom Fischgeschäft übrig behalten hat. Dafür bekommt er bestimmt noch einige Tausend Dinare. Das braucht er doch eigentlich gar nicht mehr", sagte ich. „Schon", meinte Georg, „aber er fährt so gern Auto, dass er sich wohl davon nur ungern trennt." „Na, er fährt doch fast täglich Taxi, wozu braucht er das Auto dann noch?" „Vielleicht aus Prestige? Ich weiß es nicht."

Nachdem wir in Bonn wieder alles geregelt hatten, ging es dieses Mal natürlich mit dem Flugzeug zurück nach Tunesien. Ich hatte mich mit genügend Euros bewaffnet, um die Anzahlung für Nassers Haus zu finanzieren. Mutter Theresa lässt wieder einmal grüßen. Am Flughafen Monastir angekommen, musste ich diese verhältnismäßig große Summe Geld erst einmal beim Zoll deklarieren. Das ist Vorschrift und erschien mir auch ratsam für den Fall, dass bei Nasser jemand nachfragte, woher er die für tunesische Verhältnisse hohe Summe habe. Nasser war natürlich überglücklich, als ich mit dem Paket von 5000 Dinare ankam. Ich hatte ihn nämlich noch etwas um Ungewissen gelassen, ob ich das wirklich machte. Der anschließende Abend verlief auch ziemlich feuchtfröhlich und der Sex war wieder sensationell. Am nächsten Tag ging ich gemeinsam mit Nasser zu der entsprechenden Bank, die die Hausfinanzierung durchführte, um das Geld einzuzahlen. Das wollte er unbedingt allein machen. So gab ich ihm das Paket mit Geld und wartete vor der Bank.

Er wollte wohl nicht, dass jemand mitbekam, dass das Geld von einem Europäer stammte. So weit, so gut, Zweifel hatte ich aber doch und das war auch nicht unbegründet, wie sich später herausstellte, aber davon später. In den nächsten Monaten passierte nichts Ungewöhnliches. Auch von Mohammed kamen keine schlechten Nachrichten mehr, Georg machte so weiter mit ihm wie bisher. Für mich manchmal schwer verständlich, aber Georg ist sehr monogam, und eine neue Beziehung anzufangen, fiel ihm offensichtlich sehr schwer. So blieb alles beim Alten.

Kaffeeklatsch

Inzwischen war es wieder Frühjahr und die Temperatur sehr angenehm. Die deutsche Kolonie tauchte nach und nach wieder auf. So traf man sich wieder täglich im Café La Plage zum Plaudern und zum Austausch der neuesten Nachrichten. Carola wusste zu berichten, dass die Heirat mit Lunes für sie doch nicht infrage käme. Das wäre ihr alles zu kompliziert und außerdem wollte Lunes doch lieber in Algerien bleiben, aber da wollte sie nicht hin. Verständlich, das Abenteuer wäre mir auch zu groß gewesen. Sie hatte Lunes bereits von ihrem Entschluss informiert. Er schrieb zurück, dass er in den nächsten Monaten, vermutlich im Hochsommer, nach Sousse kommen würde. Man könne ja dann alles noch einmal besprechen. So wurden Georg und ich also doch keine Trauzeugen. Die dunklen Anzüge, die wir extra mitgebracht hatten, konnten wir also getrost wieder in den Koffer packen. Carola hatte sich inzwischen mit einem Deutschen getröstet, der in Sousse für ein deutsches Unternehmen arbeitete. Er war leitender Angestellter und natürlich gut betucht, sodass Carola nichts bezahlen musste, was ihr offensichtlich gut gefiel. Damit hatte sie bei den einheimischen Männern immer Probleme. Der Deutsche war in Deutschland verheiratet, sodass es sich auch nur um eine vorübergehende Episode handelte.

Friedel tauchte an diesem Tag auch im Café auf. Er machte einen etwas niedergeschlagenen Eindruck.

„Was ist mit dir?“, fragte ich ihn. „Ach, ich fühle mich seit Tagen nicht gut, ich glaube, ich fahre in der nächsten Woche nach Deutschland und suche dort meinen Hausarzt auf.“ Das ist ein schlechtes Zeichen, dachte ich, wenn Friedel nach Bonn fährt, muss es schon ernst sein. Dem hiesigen Arzt wollte und konnte er unter keinen Umständen sagen, welche Krankheit er wirklich hatte. Er hatte mir einmal im Vertrauen erzählt, dass er, außer dass er HIV-positiv war, noch Hepatitis A und B hatte. Das Ganze kam mir wie eine Zeitbombe vor, früher oder später würde sie wohl explodieren. Friedel verabschiedete sich auch vorzeitig, um nach Haus zu gehen. Georg meinte: „Dann komme ich gleich mit, dann hast du auf dem Heimweg Gesellschaft." Nachdem wir unseren Kaffeeklatsch beendet hatten, begab ich mich auch auf den Heimweg. Georg meinte, mit Friedel stehe es wirklich nicht zum Besten. „Auf dem Rückweg mussten wir drei Mal auf der Mauer an der Strandpromenade pausieren. Er hat geschwollene Beine und Probleme mit dem Laufen. Er geht auch seit Tagen nicht mehr zur Arbeit." „Na", sagte ich, „hoffentlich fährt er so schnell wie möglich nach Deutschland." Einige Tage später, Friedel war nicht mehr ins Café gekommen, traf ich ihn auf der Straße vor dem Haus. Er erzählte mir, dass er einen Flug nach Köln/Bonn über seinen Arbeitgeber kurzfristig buchen konnte. Er bat mich, seine vielen Blumen auf der Terrasse zu versorgen, was ich natürlich gern tat. Kurz darauf brachte er mir seine Wohnungsschlüssel, dann verabschiedeten wir uns. Ich wünschte ihm alles Gute. „Bleib so lange dort, bis dass es dir wieder besser geht." „Das ist allerdings ein Problem", erwiderte er. „Ich habe sonst immer bei meinen Eltern gewohnt, eine eigene Wohnung in Bonn habe ich ja dort nicht mehr. Das geht jetzt aber nicht mehr. Meine Eltern möchten nicht, dass ich noch bei ihnen wohne. Sie haben wohl Angst, dass ich sie infizieren könnte." „Und was machst du nun?", fragte ich. „Ich habe eine gute Freundin von früher angerufen. Die hat mit mir keine Probleme, ich kann dort für einige Wochen bleiben." Ich überlegte, wenn man von der eigenen Familie ausgeschlossen wird, ist das schon ziemlich tragisch. Es fragte sich nur, vor was sie mehr Angst hatten, vor Aids oder Hepatitis, falls sie überhaupt über alle Dinge Bescheid wussten. Deshalb fragte ich noch einmal nach. „Warum verweigern sich denn deine Eltern?" „Ja, mein Vater hat gesagt, das ist uns zu gefährlich, wer weiß, welche Krankheiten du uns noch alle ins Haus schleppst." Die Eltern konnte ich auch verstehen, zumal man über Aids noch nicht in allen Bevölkerungsschichten aufgeklärt war. So vergingen die nächsten zwei Wochen ohne besondere Vorkommnisse. Man traf sich im Café la Plage zum Kaffeeklatsch. Mohammed fuhr Taxi und war fast jeden Abend mit Georg zusammen. Nasser besuchte mich jetzt nur noch einmal die Woche, da ihm der Aufwand von der Flughafenbaustelle Enfidha nach Sousse zu stressig war. Die Fahrt mit der Louage hätte ich ihm schon bezahlt, aber für ein paar Stunden lohnte sich der Aufwand nicht wirklich.

Friedels Rückkehr

Eines Morgens stand ich etwas gelangweilt auf dem Balkon, beobachtete die Passanten, die die Straße rauf- und runtergingen. Plötzlich bemerkte ich, dass sich auf dem Balkon von Friedel etwas bewegte. Richtig, es war Friedel. Als er mich bemerkte, winkte er und gab mir durch Zeichen zu verstehen, dass ich einmal zu ihm rüberkommen solle. Das tat ich dann auch, nicht ohne Georg von der Neuigkeit berichtet zu haben. War ich doch sehr gespannt, was Friedel mir zu erzählen hatte und warum er schon nach zwei Wochen wieder zurück war. „Bonjour und Assalama, Friedel, wieso bist du schon wieder hier? Geht es dir besser?“ So viele Fragen auf einmal, aber ich war doch neugierig. „In der Tat“, sagte Friedel, „mir geht es besser, obwohl mein Bonner Arzt mir geraten hatte, noch einige Wochen zu bleiben.“ „Und warum hast du das nicht getan?“ „Ich habe doch nicht alles so angetroffen, wie ich mir das vorgestellt hatte. Wie du weißt, wollten mich meine Eltern nicht mehr aufnehmen und mit meiner Freundin Eva hat es Meinungsverschiedenheiten gegeben. Außerdem musste ich dort auf dem Sofa schlafen, was irgendwie unbequem war. Hier fühle ich mich wohler und habe mein eignes Bett.“ „Ja, ja“, sagte ich, „denkst du denn, dass du ohne ärztliche Behandlung hier zurechtkommst?“ „Ach, es wird schon gehen“, meinte er. „Ich habe schon mit Rudi gesprochen, er ist so nett und wird mir etwas unter die Arme greifen, d. h., er bringt mir vorerst etwas zu essen rauf, sodass ich nicht zu kochen brauche.“ „Wenn du meinst, dass du klarkommst, aber wenn ich dir helfen kann, sag Bescheid“, erwiderte ich, „ich helfe dir selbstverständlich auch gern.“ Ich hatte zwar in der Vergangenheit mit Friedel einige Male ziemlichen Streit gehabt, aber man soll ja nicht nachtragend sein. Schließlich hat er uns, besonders die erste Zeit, als wir hier waren, viel geholfen, denn hilfsbereit war er, da konnte man sich jetzt revanchieren.

Drei Tage später klingelt das Telefon, Rudi ist dran. „Hallo Dirk, schlechte Nachrichten. Ich habe gerade Friedel mit dem Taxi ins Hospital ‚Le Olivier' gebracht. Sein Zustand hat sich wieder verschlechtert."

„Ach", sagte ich, „warum ist er bloß nicht in Bonn geblieben? Im ‚Olivier' muss er doch sofort bezahlen, er ist doch auch privat versichert. Soviel ich weiß, lebt er nur noch von der Hand in den Mund." Friedel hatte nämlich vor einigen Monaten sein Auto nach Libyen verkauft und von dem Geld konnte auch nicht mehr viel da sein, so meinte jedenfalls Rudi. „Das ist wohl richtig, ich habe ihm erst einmal 300 Dinare geliehen, sonst hätten sie ihn im Krankenhaus gar nicht aufgenommen. Was meinst du", sagte Rudi, „kommst du mit Georg morgen früh mit zum Olivier? Wir könnten doch Friedel gemeinsam besuchen. Auch möchte ich nicht so gern allein gehen, denn ich glaube, die haben bereits davon Wind bekommen, dass Friedel HIV-positiv ist." „Abgemacht", sagte ich, „wir treffen uns um 11 Uhr vor der Tür." Rudi wohnte uns ja direkt gegenüber. Am nächsten Morgen also ins Taxi und ab zum „Le Olivier"-Hospital. Friedel hatte ein sehr großes Einzelzimmer und fühlte sich dort sichtlich wohl. „Wie geht es dir?", fragten wir. „Wenn ich im Bett liege, gut, die geben mir durch den Tropf Aufbaustoffe. Was genau, weiß ich nicht, aber es scheint doch zu helfen. Morgen werde ich auch wieder entlassen. Wenn ihr wiederkommt, könnt ihr mich dann gleich mitnehmen. Übrigens", sagte Friedel zu mir, „du kennst doch den Arno aus Bonn."

„Welchen Arno?", sagte ich. „Na, der Blonde, der bei der Aids-Hilfe arbeitet, den kennt doch jeder in Bonn und Umgebung." „Kann wohl sein, aber ich habe eigentlich noch nie mit ihm gesprochen, soll aber ein ganz Netter sein." „Ist er auch, der ist nämlich mit mir zusammen im selben Flugzeug angekommen wie ich." Nachmittags beim Kaffeeklatsch im La Plage trafen wir natürlich Arno. Er wusste noch nicht, dass Friedel im Krankenhaus lag. Er meinte: „Wenn er morgen schon wieder entlassen wird, wird es wohl nicht so schlimm sein. Falls ihr aber Hilfe braucht, sprecht mich an, ich kenne mich mit dieser Krankheit und den Folgen ziemlich gut aus." Dass wir dieses Angebot dann so schnell annehmen mussten, konnten wir da noch nicht ahnen, denn es kam noch schlimmer. „Wenn man bei der Aids-Hilfe arbeitet, kein Wunder", sagte ich, „aber wie lange hast du denn Urlaub?" „Ich bleibe für 14 Tage, also Ende nächster Woche ist mein Rückflug", erwiderte Arno.

Friedel war nun wieder zu Hause, Rudi kümmerte sich um ihn und sorgte für Essen, während ich den Haushalt übernahm und die vielen Blumen auf seiner großen Terrasse betreute. Bei dem Klima muss nämlich fast täglich gewässert werden. Die Terrasse war Friedels ganzer Stolz, zu Recht, wie ich finde. Drei Tage später stand ich einmal mehr auf dem Balkon und guckte in Richtung Friedels Terrasse. Rudi lehnte sich über die Brüstung, Zigarette in der Hand, und rief: „Kannst du mal eben rüberkommen?" „Ja, natürlich!" Rudi empfing mich in Friedels Wohnzimmer. Er sagte: „Sei leise, er schläft gerade, aber dem geht es gar nicht gut. Das geht so nicht weiter, wir müssen irgendetwas unternehmen. Ich habe Angst, dass er uns hier unter den Händen wegstirbt." „Unter den Umständen", sagte ich, „wäre es besser, er würde zurück nach Bonn fahren." „Übrigens, das Hospital hat uns doch seine Krankenmappe mitgegeben, wo die Untersuchungen aufgezeichnet sind. Guck mal, hier oben, was da steht." Ich las in großen, roten Lettern „Sida". Das war ja klar, nun konnte man das nicht mehr verheimlichen. „Stell dir vor", sagte ich zu Rudi, „wenn der hier stirbt, könnten wir alle großen Ärger bekommen. Die Polizei hier weiß doch, dass die Deutschen sich untereinander kennen und enge Kontakte pflegen." „Was sollen wir nur machen?", fragte Rudi. „Ich habe eine Idee", erwiderte ich. „Friedel hat doch von Deutschland aus neu gebucht, und zwar Hin- und Rückflug. Weißt du, wo er die Flugscheine hat?" „Ja, die müssen hier in der Schublade liegen." Richtig, da waren sie. „Was für ein Rückflugdatum steht denn da drauf?", fragte ich. „Im Juli, also noch über zwei Monate." „Das macht nichts, den Flug kann man bestimmt umbuchen, und zwar genau auf den nächsten Freitag, wenn Arno zurückfliegt. Ich kümmere mich darum. Ich kenne die Leute vom Reiseveranstalter ziemlich gut. Wir haben dort auch schon umgebucht und außerdem war ich mit Friedel mehrmals mit ihnen zusammen auf der Party." „Das ist genial", meinte Rudi. Zuerst mussten wir natürlich Arno in unseren Plan einweihen und ihn darauf vorbereiten, was auf ihn zukam. Aber Arno war nicht nur nett, er war auch hilfsbereit und sagte sofort zu. Friedel sagten wir zunächst nichts, um ihn nicht unnötig zu beunruhigen. Wir würden ihn einfach vor vollendete Tatsachen stellen, schließlich war es doch nur für ihn zum Guten. Nächster Tag, Georg ging mit mir zum Büro des deutschen Veranstalters, dessen Namen ich hier absichtlich nicht nennen möchte. Wir wurden gleich mit großem Hallo empfangen und die erste Frage war: „Wie geht es Friedel?" „Nicht so gut, deshalb sind wir übrigens hier. Friedel ist erst letzte Woche aus Deutschland zurückgekommen. Das war wohl leider zu früh. Er hat sich entschlossen, wieder zurückzufahren und seinen Hausarzt aufzusuchen." Die Mitarbeiterin war sehr verständnisvoll und meinte dann auch: „Er ist nun schon seit einigen Wochen nicht mehr arbeiten gekommen, dann ist es wohl auch besser, wenn er sich in Bonn erst einmal auskuriert." Von der Schwere seiner Krankheit wussten die natürlich nichts. „Was habt ihr denn nun vor mit ihm?" „Wir wissen von einem Bekannten, dass am nächsten Freitag ein Flug direkt nach Köln/Bonn geht. Kannst du einmal nachschauen, ob da noch ein Platz frei ist für Friedel?" Die Mitarbeiterin blätterte in ihren Unterlagen und meinte: „Kein Problem, das können wir machen, ich ändere den Flugschein mal eben ab." Normalerweise muss man Umbuchungsgebühren bezahlen, brauchten wir natürlich nicht, Friedel war ja eigentlich noch immer dort beschäftigt. Zu Hause angekommen, habe ich Rudi sofort berichtet, dass alles so geklappt hat, wie wir uns das vorgestellt hatten. Rudi war sichtlich erleichtert, er meinte: „Jetzt müssen wir Friedel nur noch klarmachen, dass er nächsten Freitag nach Köln/Bonn fliegt." „Und Arno müssen wir Bescheid sagen, aber das werde ich übernehmen", sagte ich. Am Nachmittag im Café, Arno war schon dort, setzten wir uns zu ihm. Arno war bester Laune. Er mietete sich zusätzlich zum Hotel immer ein sturmfreies Appartement an, er nannte das „Hochzeits-Suite". „Ich habe gestern einen netten Mann kennengelernt, groß und schlank, bestimmt schon 35 Jahre. Wir waren die ganze Nacht zusammen. Leider war er nicht von hier. Er musste heute Morgen zurück nach El Kef." „Ja", sagte ich, „die Männer aus der Provinz sind noch unverdorben. Hier in Sousse ist alles schon sehr kommerziell." In der Tat kommen die jungen Männer, besonders die, die einen großen Schwanz haben, nach Sousse, um sich Geld zu verdienen. Eine reguläre Arbeit gibt es für die meisten nicht, dann verkauft man eben seinen Körper. Wir hatten schon oft genug in unserem Kreis darüber diskutiert, ob das moralisch richtig ist, was die Tunesier und natürlich wir Europäer dort tun. Andererseits profitieren beide Seiten davon. Die Männer hier verdienen sich etwas Geld auf leichte Art und Weise und haben auch noch ihren Spaß. Andererseits hat man als Mann über 50 in der europäischen schwulen Szene keine Chance mehr, jemanden kennenzulernen. Es regiert eben der Jugendwahn. Arno pflichtete mir bei. Er meinte: „Ich bin auch schon 42 und von einem solchen Traummann, wie er gestern Abend bei mir war, kann ich in Europa nur träumen." „Nun zu einem anderen Thema", sagte ich zu Arno. „Gestern war ich mit Georg beim Reiseveranstalter, mit dem auch du hier bist. Wir haben Friedels Flugschein umgebucht, und zwar genau auf nächsten Freitag. Er wird also mit derselben Maschine nach Köln/Bonn fliegen wie du. Kannst du dich seiner ein wenig annehmen, er ist nämlich in keinem guten Zustand." „Natürlich", erwiderte er, „das mache ich gern. Aber bevor wir fliegen, werde ich Friedel zu Hause noch einmal besuchen." „Das ist gut", sagte ich, „bis jetzt weiß er nämlich noch nichts davon, und wenn du ihn darauf vorbereiten würdest, wäre das eine gute Sache." So sind wir dann verblieben. Arno besuchte mit mir zusammen Friedel am nächsten Tag und erklärte ihm, dass es für ihn besser wäre, wenn er nach Bonn fliege und sich dort in ärztliche Behandlung begebe. Anfangs war Friedel nicht begeistert, hat dann aber eingesehen, dass das die beste Lösung ist.

Die erneute Abreise

Die letzten Tage vergingen und der Tag der Abreise rückte näher. Ich hatte mit Rudi verabredet, dass ich am Freitagvormittag zu Friedel gehe und mich darum kümmere, dass er auch für die Reise fertig ist. Rudi übergab mir nun die Wohnungsschlüssel von Friedel und war sichtlich froh, dass ich ihm diese Last abnahm. Er hatte aber auch schon viel für Friedel getan, sodass das in Ordnung war für mich. Mit Arno hatte ich verabredet, dass er gegen 10 Uhr bei Friedel sein sollte, um ihn abzuholen. Wir wollten dann gemeinsam mit dem Taxi zum Flughafen nach Monastir fahren. Eigentlich hätte Friedel noch zum Friseur gemusst, aber dazu konnte ich ihn nicht überreden. Er wollte das Haus einfach nicht mehr verlassen.

Am nächsten Morgen gegen 9 Uhr begab ich mich zu Friedel. Wie erwartet, lag er noch im Bett. Ich begrüßte ihn freundlich mit: „Guten Morgen, aufstehen, es geht heute nach Bonn, Arno kommt gleich."

Friedel zog sich die Bettdecke über den Kopf und reagierte nicht. „Hallo Friedel, du musst jetzt aufstehen, sonst verpasst du den Flug." Er vergrub sich immer weiter unter der Bettdecke. Was soll ich nur machen?, dachte ich. Ich ging zu ihm ans Bett und zog die Decke etwas beiseite. „Komm, Friedel, steh bitte auf, du musst dich doch auch noch anziehen." Von Waschen oder gar Duschen war keine Rede, aber das war mir jetzt auch egal. Friedel richtete sich auf, sodass ich dachte, jetzt steigt er aus dem Bett. Nein, er lächelte mich nur an und legte sich wieder hin. Sein Verhalten war so, als wenn er eine ganze Flasche Wodka ausgetrunken hätte. Ich war ratlos. Schön, dachte ich, wenn es im Guten nicht geht, ich kann auch anders. Immer hatte ich im Kopf, der muss heute fliegen. Eine bessere Gelegenheit als zusammen mit Arno kommt nicht wieder. Außerdem konnte ich seinen Gesundheitszustand überhaupt nicht einschätzen. Doch ich spürte, dass es sehr ernst war und schlecht um ihn stand. So schrie ich ihn an: „Steh endlich auf, Arno kommt jeden Moment und dann musst du fertig sein." Nichts zu machen, Friedel zog sich die Bettdecke wieder über den Kopf.

Gott sei Dank, es klingelte an der Tür, Arno war da. „Na", sagte er, „wie sieht es aus?" „Schlecht", sagte ich, „ich kriege den nicht aus dem Bett, weder im Guten noch im Bösen." Arno war die Ruhe selbst. Er ging zu Friedel ans Bett: „Guten Morgen, Friedel, aufstehen, wir beide fliegen jetzt nach Bonn." Friedel nahm die Decke vom Gesicht, setzte sich aufrecht ins Bett und lächelte Arno an. „Ja, ja", sagte er, „aufstehen. Wir fliegen heute." Dann stand er auf. „Das ist ja ein Ding, ich konnte machen, was ich wollte, und bei dir klappt es sofort." Arno kümmerte sich jetzt darum, dass er in die Kleider kam. Allein schaffte er das alles nicht, aber man merkte, dass Arno viel mit kranken Menschen zu tun hatte. Friedel ließ jedenfalls alles willenlos mit sich machen. „Was machen wir denn mit den Haaren?", sagte ich zu Arno. „Der sieht so wüst aus, außerdem ist er unrasiert. Nicht dass man ihn am Flughafen für einen Clochard hält." Arno guckte sich um, nahm eine Kappe vom Tisch und setzte sie Friedel auf. „So muss es eben gehen", meinte er. „Wie hast du dir denn vorgestellt, ihn durch alle Kontrollen am Flughafen zu bekommen?", fragte ich. „Zunächst habe ich erst einmal gestern mit Bonn telefoniert und über die Aids-Hilfe einen Krankenwagen zum Flughafen Köln/Bonn bestellt. Der erwartet uns am Ausgang und fährt Friedel sofort ins Krankenhaus. Ein Bett habe ich auch schon für ihn bestellt." „Das ist grandios", sagte ich, „du machst das wirklich gut." Es klingelte ein weiteres Mal, das war Rudi. Er wollte sich natürlich von Friedel verabschieden. Wir setzten uns gemeinsam ins Wohnzimmer, während sich Arno um Friedel im Schlafzimmer kümmerte. Rudi hatte am Vortag bereits den Koffer gepackt, während ich gerade dabei war, den Flugschein noch einmal zu kontrollieren. Außerdem lagen da noch Friedels Goldkette und seine Lacroix-Uhr auf dem Tisch. Ich ging ins Schlafzimmer und legte Friedel die Uhr an den Arm. Gegen das Goldkettchen sträubte er sich aber. So ging ich wieder zu Rudi und sagte, dann täte ich es ihm eben in sein Portemonnaie. Ich öffnete es und sah, dass darin noch viel Geld war. Rudi war genauso wie ich ganz erstaunt. „Wieso hat er noch Geld? Mir hat er gesagt, als ich ihn ins Krankenhaus gebracht habe, dass er völlig pleite sei.“ „Das sieht aber nicht nach Pleite aus“, entgegnete ich. Ich begann zu zählen und kam auf etwas mehr als 500 Dinare. Wir guckten uns an und waren etwas ratlos, dachten aber wohl beide dasselbe. „Dann kannst du dir deine 300 Dinare doch gleich wieder nehmen“, sagte ich. „Das kann ich doch nicht machen“, meinte Rudi, „ohne mit Friedel darüber zu sprechen.“ „Ja, aber das Problem ist, in dem Zustand, in dem er sich jetzt befindet, kannst du ihn darauf auch nicht ansprechen.“ Rudi nickte mit dem Kopf: „Ja, das stimmt.“ Ich zog also 300 Dinare aus dem Portemonnaie und gab sie Rudi.

„Nimm das Geld“, sagte ich, „das ist doch legitim. Schließlich ist es doch das Geld, was du verauslagt hast.“

Rudi nahm die Dinare und steckte sie ein, um noch zu sagen: „Ja, das stimmt, ein ungutes Gefühl habe ich trotzdem.“ „Aber in der Geldbörse ist noch genügend Geld für die Reise und außerdem ist Arno bei ihm.“

Inzwischen hatte ich auch mit Arno abgesprochen, dass ich mit dem Taxi nach Monastir mitfahren würde. Wir vereinbarten, dass ich bis zur Zollkontrolle dabeibliebe und dann so lange warten würde, bis Arno mich anriefe, und zwar erst dann, wenn sie durch alle Kontrollen wären und nur noch auf den Abflug warteten. Dann, so waren wir der Meinung, könnten wir sicher sein, dass er die wenigen Meter bis ins Flugzeug auch noch schaffte und niemand misstrauisch würde. So wartete ich eine gute halbe Stunde, dann klingelte mein Telefon. Arno war dran. „Alles klar, wir sind jetzt in der Wartehalle, haben alle Kontrollen anstandslos passiert.“ „Was ist denn mit Friedel?“, fragte ich. „Der liegt gerade mit dem Kopf auf meinem Schoß und schläft.“ „Na, dann gute Reise und ruf mich sofort an, wenn ihr in Köln/Bonn angekommen seid.“ „Na klar“, erwiderte Arno, „mache ich doch.“ Mir fiel ein Stein vom Herzen. So wartete ich sichtlich erleichtert auf die S-Bahn und fuhr nach Sousse zurück. Dort angekommen, begab ich mich gleich ins Café La Plage, wo Georg, Rudi und

Paul schon auf mich warteten. Die platzten natürlich vor Neugier. „Alles klar“, sagte ich, die Kontrollen haben sie passiert und eigentlich müssten sie jetzt schon in der Luft sein.“ Inschallah! Von allen Seiten Zustimmung. „Das haben wir doch gut hingekriegt“, sagte Rudi. „Ja, sicher, aber ohne Arno hätte das nie geklappt.“ Alle waren auch meiner Meinung und wir waren Arno sehr dankbar, dass er sich so eingesetzt hatte. Eigentlich kannten wir ihn aus Bonn nur oberflächlich bzw. Rudi und Paul, die ja aus Berlin kommen, überhaupt nicht. Er hat es wohl auch für Friedel getan, die beiden kannten sich von früher. Schön, dachte ich, dass Schwule auch zusammenhalten können, wenn es darauf ankommt.

Heute gingen wir gemeinsam und sichtlich erleichtert in Richtung unserer Wohnungen. Zu Hause angekommen, bereitete Georg das Abendessen vor. Mein Mobiltelefon klingelte. Ich sprang auf. „Das ist bestimmt Arno, die sind aber pünktlich angekommen.“ Richtig, am anderen Ende war Arno. „Hallo Arno“, sagte ich, „das ging aber flott, hat alles geklappt, hast du Friedel in den Krankenwagen verfrachtet?“

„Nein, nein, gar nichts hat geklappt, ich bin allein nach Köln/Bonn geflogen. Friedel ist noch in Sousse.“ „Um Himmels willen, was ist denn passiert? Ihr wart doch schon durch alle Kontrollen.“ „Ja, das stimmt“, sagte Arno, „aber beim Einsteigen in das Flugzeug ist die Flugbegleiterin misstrauisch geworden.“ „Und wo ist Friedel jetzt?“, fragte ich. „Vermutlich im Krankenhaus ‚Farhat Hachet‘ in Sousse, wenn ich alles richtig verstanden habe. Das ist das städtische Krankenhaus.“ „Ja, ich weiß, das hat aber einen sehr schlechten Ruf bei den Tunesiern. Die sagen immer, wer dort hinkommt, kommt nicht mehr lebend heraus.“ Das sollte sich nicht nur im Hinblick auf Friedel auch später noch bewahrheiten.

Nachfolgend, es sind vier Wochen vergangen, treffen wir uns mit Arno in Bonn. Er erzählt uns, welche dramatischen Stunden er vor dem Abflug aus Monastir erlebt hat. „Der Flug nach Köln/Bonn wurde aufgerufen und ich reihte mich zusammen mit Friedel in die Warteschlange ein. Vorsichtshalber gingen wir ziemlich zuletzt durch die letzte Kontrolle, um nicht aufzufallen, was auch funktionierte. Am Eingang zum Flugzeug, wie ihr ja selbst wisst, stehen die Flugbegleiter, die mitfliegen. Ich wurde von einer Dame angesprochen, die mich fragte, ob denn mit meinem Begleiter alles in Ordnung sei, er mache so einen seltsamen Eindruck. Ja, natürlich, sagte ich, er fühlt sich nur ein wenig unwohl, sonst ist aber alles in Ordnung. Mit dieser Antwort war sie aber offensichtlich nicht zufrieden. Sie meinte dann, es ist wohl besser, wir tauschen die Sitzplätze aus und platzieren Sie beide in der ersten Reihe. Ich stimmte dem zu und dachte, nun ist alles gut, aber leider kam alles anders. Nachdem wir Platz genommen hatten, kam die Flugbegleiterin mit einem Blatt Papier zurück. Sie sprach Friedel an und bat ihn, das zu unterschreiben, mit dem Hinweis, dass er auf eigenes Risiko und eigene Verantwortung mitfliege. Friedel verstand zwar, was sie sagte, er nahm den Kugelschreiber und wollte schreiben. Das gelang ihm aber nicht, sodass er statt auf dem Papier auf seiner linken Hand rumkritzelte. Die Flugbegleiterin war sichtlich irritiert und sagte: Unter diesen Umständen muss ich erst mit dem Piloten reden, der muss entscheiden, ob der Herr mitfliegen kann. Nach geraumer Zeit kam sie zurück. Der Pilot hat entschieden, dass wir den Herrn nicht mitnehmen werden. Ja, und wie geht es weiter? Jetzt rufen wir zunächst die Flughafenpolizei, die muss entscheiden, was mit dem Herrn passiert. Die reguläre Abflugzeit war bereits weit überschritten und es war noch kein Ende der Aktion abzusehen. Schließlich kam die Polizei an Bord. Die guckten sich Friedel und auch mich an und redeten mit den Flugbegleitern sowie mit dem Piloten, der sich inzwischen dazugesellt hatte. Ich verstand kein Wort, alle sprachen Arabisch, denn es handelte sich um eine tunesische Chartergesellschaft. Ich konnte dem Gespräch immer nur entnehmen, das von Hospital die Rede war. Anscheinend wollten sie Friedel wohl ins Krankenhaus bringen, mutmaßte ich. Weitere Minuten vergingen, es wurde palavert und telefoniert. Schließlich fragte ich die Flugbegleiterin, was denn eigentlich jetzt passiere. Sie meinte, die Polizei hält es für richtig, dass Friedel ins Krankenhaus eingeliefert wird. Der Krankenwagen sei bereits bestellt. Außerdem möchte sie wissen, welche Krankheit Friedel denn haben könnte, man würde sich bereits Sorgen machen um die anderen Passagiere. Die verhielten sich übrigens erstaunlicherweise sehr ruhig. Ich log der Flugbegleiterin vor, dass ich Friedel auf dem Hinflug kennengelernt hätte und ihn hier am Flughafen zufällig wieder getroffen hatte. Da er sich unwohl fühlte, hätte ich mich seiner nur angenommen. Mit dieser Aussage gab sie sich offensichtlich erst einmal zufrieden. Zunächst passierte jetzt nichts, warten war angesagt. Ich saß am Fenster und guckte gelangweilt raus. Plötzlich bemerkte ich, dass sich unten am Flugzeug etwas tat. Einige Männer vom Bodenpersonal hantierten dort mit Koffern herum. Es wurden Koffer ausgeladen, wieder eingeladen, bis dass schließlich zwei Stück übrig blieben. Zu meinem Entsetzen stellte ich fest, die hatten zwar Friedels Koffer ausgeladen, aber meinen auch. Ich sprang auf, lief zur Tür, die noch immer offen stand, und fragte die Dame, die auch vorher mit mir gesprochen hatte, was das zu bedeuten hätte, warum denn mein Koffer auch ausgeladen würde. Sie meinte lakonisch, na, Sie können auch nicht mitfliegen, schließlich wissen wir nicht, was der Herr für eine Krankheit hat. Falls das ansteckend sein sollte, können Sie sich inzwischen bei ihm angesteckt haben. Das Risiko ist uns zu groß, außerdem können wir das den anderen Passagieren nicht zumuten. Sie müssen auch hierbleiben und sich erst einmal in ärztliche Behandlung begeben. Eines war mir jetzt klar, ich musste meine ganze Überredungskraft zusammennehmen, denn zurückbleiben wollte ich keinesfalls, schließlich musste ich am nächsten Tag wieder arbeiten und außerdem, wann und wie hätte ich den Rückflug antreten können. So belog ich die Flugbegleiterin und erklärte ihr, dass ich Friedel gerade mal im Flughafen-Gebäude begegnet sei und mit ihm sonst nichts zu tun hätte. Sie nahm das regungslos zur Kenntnis und meinte, sie würde das weitergeben, diese Entscheidung sollten Pilot und Polizei treffen. Ich war mit den Nerven ziemlich am Ende, während Friedel regungslos neben mir saß und von alledem offensichtlich nichts mitbekam.

Ich guckte wieder aus dem Fenster, unsere zwei Koffer standen noch immer vor dem Flugzeug. Doch schließlich tat sich etwas.

Ein Fahrzeug näherte sich dem Flugzeug und steuerte direkt auf die Gangway zu. Jetzt wurde eine Hebebühne ausgefahren und dockte direkt seitlich an die Gangway an. Ach du meine Güte, dachte ich, was passiert denn jetzt? Schließlich betraten zwei Sanitäter, erkennbar an ihrer Kleidung, das Flugzeug. Sie schoben einen Rollstuhl vor sich her und stoppten neben Friedel, der direkt am Gang saß. Sie packten Friedel unter die Arme und gaben ihm zu verstehen, dass er aufstehen solle und sich in den Rollstuhl setzen müsse. Friedel ließ alles willenlos mit sich geschehen. Mithilfe der beiden Sanitäter stand er auch auf und wurde in den Rollstuhl verfrachtet. Dann fuhren sie ihn raus.

Durch das Fenster konnte ich beobachten, dass sie das Gefährt mit Friedel auf die Rampe der Hebebühne schoben. Die Seiten wurden zugeklappt, die Bühne hob ein wenig an, drehte sich dann zur Seite und wurde schließlich abgesenkt. Wenn nicht alles so schrecklich und ernst gewesen wäre, wäre dieser Anblick ein Bild für ein Komikheft gewesen, aber zum Lachen war mir nicht zumute, zumal ich auch immer noch nicht wusste, was mit mir passiert. Weiter konnte ich beobachten, dass die Hebebühne sich nun bis auf den Boden gesenkt hatte, die Sanitäter öffneten das Gestänge und schoben Friedel im Rollstuhl in den bereitstehenden Krankenwagen. Friedels Koffer wurde ebenfalls eingeladen, während meiner jetzt verlassen auf dem Rollfeld stand. Inzwischen hatten wir schon mehr als zwei Stunden Verspätung. Die übrigen Passagiere verhielten sich auffallend ruhig. In den hinteren Reihen konnte man schließlich nicht verfolgen, was vorn passierte. Ob man die Passagiere informiert hatte, weiß ich nicht. Eine Lautsprecherdurchsage wurde jedenfalls nicht gemacht, außerdem war ich mit mir beschäftigt, sodass ich gar nicht genau wahrnahm, was um mich herum passierte. Die Flugbegleiterinnen, jetzt zu dritt, kamen zurück und forderten mich und alle Passagiere bis zur dritten Reihe auf, aufzustehen und sich in den Mittelgang zu begeben. Uns wurde erklärt, dass wir aus Sicherheitsgründen alle desinfiziert werden müssten, da nicht bekannt sei, welche Krankheit Friedel hätte. Die anderen Passagiere fanden das völlig in Ordnung, während ich der Einzige war, der genau wusste, was los ist, und auch wusste, dass das Desinfizieren eigentlich unnötig war. Ich schwieg also, musste ich doch dabei bleiben, dass ich Friedel nur flüchtig kannte; immer im Hinterkopf, ich muss mitfliegen. Diese Prozedur ging dann folgendermaßen vonstatten. Ich musste mich in den Mittelgang stellen, die Arme nach oben strecken, während ein Sanitäter mich mit einer Spritzpistole einnebelte, dabei musste ich mich mehrmals um die eigene Achse drehen." Arno machte uns das jetzt vor. Es sah alles etwas albern aus und Arno konnte inzwischen auch darüber lachen, seinen Humor hatte er jedenfalls nicht verloren. „Nach dieser Aktion konnten wir uns alle wieder setzen. Die Flugbegleiterin gab mir auch zu verstehen, dass ich nun doch mitfliegen könne. Mir fiel ein Stein vom Herzen. Ich schaute aus dem Fenster. Meinen Koffer sah ich dort auf der Rollbahn auch nicht mehr stehen. Man hatte ihn hoffentlich wieder eingeladen." „Wie ging es nun weiter?", frage ich Arno. „Jetzt sollte es endlich losgehen, wir kamen mit ungefähr 2 ½ Stunden Verspätung in Köln/Bonn an." „Was war denn mit dem Krankenwagen?" „Stellt euch vor, die haben die ganze Zeit am Flughafen gewartet. Ich erklärte denen, was geschehen war. Dann fuhren sie unverrichteter Dinge davon, während ich mit der S-Bahn nach Hause fuhr."

Meine Erzählung drehe ich wieder vier Wochen zurück. Nachdem ich mit Arno telefoniert hatte, berichtete ich zuerst Georg und informierte ihn über die neue Lage. „Friedel ist also im Hospital ‚Farhat Hachet'", sagte ich, „und wenn ich Arno richtig verstanden habe, geht es Friedel sehr schlecht. Wir müssen wohl damit rechnen, dass Friedel das Krankenhaus nicht wieder lebend verlässt. Jetzt ist genau das eingetreten, was wir unter allen Umständen verhindern wollten." Ich rief sofort Rudi an und erklärte ihm kurz, was passiert war. Wir vereinbarten, dass wir uns mit Rudi bei ihm treffen würden, er hatte auch Paul schon verständigt, sodass wir zu viert zusammensaßen und die neue Lage besprachen. Zunächst beschlossen wir, dass wir uns ruhig verhalten und Friedel vorerst auch nicht im Hospital besuchen sollten.

Um allerdings trotzdem an Informationen über Friedels Zustand zu kommen, riefen wir den Vermieter an und erzählten ihm, dass Friedel im Krankenhaus läge, und baten ihn, am nächsten Tag dort einmal nachzufragen. Da die Vermieter-Familie viele Jahre in Deutschland gelebt hatte, sprachen alle sehr gut Deutsch, was die Sache ungemein erleichterte. Die hatten natürlich keine Ahnung, wie schwer die Krankheit wirklich war, und wir wollten sie vorerst auch noch nicht darüber aufklären. Am nächsten Morgen ging ich wie gewohnt in Friedels Wohnung, um auf der Terrasse die Blumen zu wässern. Dabei fiel mir ein, dass Friedel mir einmal ein Album gezeigt hatte, mit vielleicht 100 oder mehr Fotos. Alles Fotos von jungen Tunesiern, splitternackt und teilweise mit erigiertem Penis. Ich malte mir aus, wenn Friedel nicht mehr wiederkäme und die Polizei die Wohnung sperren und durchsuchen würde, würden sie auch dieses Album finden. Das wollte ich auf jeden Fall verhindern. Nicht etwa wegen Friedel, für den würde das in diesem Moment keine Rolle mehr spielen, aber wegen der vielen jungen Männer, die da abgebildet waren. Geschlechtsverkehr und Pornografie unter Männern werden zwar geduldet, aber es ist trotzdem ein Straftatbestand. Und je nachdem, wem das Album bei der Polizei in die Hände fiele, könnte daraus eine Staatsaktion werden, die sich auch gegen andere Touristen, u. a. auch gegen uns wenden könnte. So beschloss ich, mich in der Wohnung erst einmal intensiv umzuschauen. Das Album hatte ich schnell gefunden. Im Schlafzimmer fand ich noch einige andere Utensilien, die man braucht, wenn man Sex macht. Ich packte alles zusammen in eine Plastiktüte und nahm es mit in unsere Wohnung. Georg fand das ebenfalls gut. Wir verstauten die Tasche ganz hinten im Kleiderschrank. Obwohl ich nicht glaubte, dass die Polizei zu uns käme, waren wir trotzdem vorsichtig. Eigentlich gilt die Regel, die Tunesier werden drangsaliert, die Touristen lässt man in Ruhe. Bringen sie doch Devisen ins Land, so soll jedenfalls eine Anordnung von höchster Stelle aus Tunis lauten. Inzwischen hatte sich der Vermieter bei Rudi gemeldet und ihm berichtet, dass es Friedel sehr schlecht ginge. Friedel sei wohl bei Bewusstsein, reagiere aber auf Ansprache nicht und es sei auch nicht sicher, ob er überhaupt jemanden erkenne. Natürlich wollte Taufik wissen, was nun wirklich los sei. Jetzt konnten wir mit der Wahrheit nicht länger hinter dem Berg halten. Er war sichtlich erschrocken, denn bisher hatte er immer nur an eine harmlose Krankheit gedacht. Wir vereinbarten mit Taufik, dass er täglich Kontakt zum Hospital hielt und uns anschließend informierte. Das ging dann noch drei Tage so weiter, bis wir die Nachricht erhielten, dass Friedel verstorben sei.

Wohnungsauflösung

In den nächsten Tagen passierte zunächst nichts. Dann fragte der Vermieter nach, ob wir uns alle zusammen in Friedels Wohnung treffen könnten. Er berichtete, dass das Krankenhaus die Polizei verständigt hätte. In den Unterlagen, die Friedel in seiner Aktentasche dabeihatte, waren ja alle Dokumente über seine Krankheit, die Monate zuvor die Privatklinik angefertigt hatte. Deshalb waren neue Untersuchungen nicht mehr vorgenommen worden. Man hat ihn dann einfach sterben lassen.

Kurze Zeit, nachdem wir Deutschen und die Vermieter-Familie versammelt waren, erschien auch die Polizei mit zwei Mann. Sie waren sehr höflich zu uns und auch sehr sachlich. Sie wollten natürlich wissen, wo Friedels Angehörige lebten und wer sich um seine Bestattung kümmerte. Außerdem musste auch die Wohnung aufgelöst werden. Über Taufik ließen wir übersetzen, dass wir, also Rudi, Georg und ich, uns um die Auflösung der Wohnung kümmern würden. Wir wollten sofort Kontakt zu Friedels Familie aufnehmen und klären, ob evtl. jemand aus Deutschland anreiste. Damit gaben sich die Polizisten zufrieden und verabschiedeten sich von uns. Von Wohnung versiegeln oder dergleichen war also keine Rede. Die Polizisten waren wohl froh, dass sie mit diesem Problem nicht konfrontiert wurden.

Ich nahm also sofort telefonischen Kontakt mit der Familie in Bonn auf. Über das Ableben Friedels waren sie bereits von der deutschen Botschaft informiert worden, sodass ich nur noch klären musste, wo die Bestattung stattfinden sollte und ob evtl. jemand aus Bonn zur Wohnungsauflösung komme. Wie bereits früher berichtet, war das Verhältnis Friedels zu seiner Familie nicht besonders innig. Es war deshalb wohl auch niemand bereit, nach Sousse anzureisen. Ich versprach, bei der Auflösung der Wohnung persönliche Gegenstände sicherzustellen und mit nach Bonn zu bringen. Seine Mutter versicherte mir dann, dass ein Bonner Bestatter beauftragt wäre, für die Überführung zu sorgen. Darum brauchten wir uns also nicht zu kümmern. In den nächsten Tagen haben wir, Georg, Rudi und ich, erst einmal in allen Schränken und Schubfächern nachgesehen, was sich dort noch verbarg. Für Werkzeug und Küchenutensilien hatte Rudi Verwendung. Der Kleiderschrank erweckte allerdings mein besonderes Interesse. Ich wusste, dass Friedel mindestens zwei fast neue Anzüge hatte, die er hatte maßschneidern lassen. Die mussten nicht unbedingt in die Hände des Vermieters fallen. Die nahm ich mit, natürlich nicht für mich, aber Nasser hatte ungefähr die gleiche Figur und ich täuschte mich nicht. Beim nächsten Besuch von Nasser hatte ich für ihn eine Überraschung bereit. Wir probierten die Anzüge an und sie passten. Da war die Freude riesengroß, denn so schöne Anzüge hatte Nasser noch nie besessen, na ja, „Mutter Theresa" lässt mal wieder grüßen. Dann war da noch der Fernseher, zwar alt, aber gut erhalten. Den hatten wir für Mohammed vorgesehen für seine Wohnung in Cité Riad. Er war sehr erstaunt und wollte das Gerät nicht annehmen, und zwar deshalb, weil es von Friedel war. Er konnte ihn nämlich zu Lebzeiten nicht leiden. Es war schließlich überall bekannt, was Friedel so getrieben hatte. Mohammed verurteilte das sehr. Schließlich überwand er sich aber doch und holte den Fernseher ab. Ein solches Geschenk bekommt man nicht alle Tage. Ich habe dann noch einige Dinge sichergestellt, von denen ich meinte, dass die Familie darauf Wert lege, diese eingepackt und später in Bonn der Familie übergeben. Die Wohnung, die sowieso teilmöbliert war, haben wir dann gemeinsam dem Vermieter übergeben. Es stellte sich später heraus, dass noch einige Schränke Friedel gehört hatten, aber das war uns auch egal, damit war der Mietausfall gleich kompensiert. Friedels Familie berichtete uns noch, dass außer seinen Papieren und der Geldbörse nichts bei ihnen angekommen sei. Seine wertvolle Armbanduhr sowie sein Halskettchen, das ich ihm ins Portemonnaie getan hatte, vom Geld ganz zu schweigen, waren nicht mehr da. Selbst der Koffer war nicht mehr auffindbar. Nach Lage der Dinge hatten sich vermutlich die Mitpatienten in dem Moment bedient, wo sie sicher sein konnten, dass Friedel sich nicht mehr wehren konnte.

Abendstimmung

Es war jetzt Juni und schon sehr heiß, sodass sich das Leben meistens draußen abspielte. Nasser kam nun jedes Wochenende. Wir saßen dann abends zusammen und rauchten Wasserpfeife. Das war schon Tradition, bevor es zum Sex kam. Nasser meinte, wir könnten uns doch auf den Balkon setzen und unsere Chicha dort rauchen, das wäre bestimmt angenehmer als in der Wohnung. Seitdem die Wohnung von Friedel nicht mehr bewohnt war, konnte uns niemand auf den Balkon gucken. Vor die Brüstung hängten wir große Tücher, sodass von der Straße auch alles dicht war. Dann stellten wir die Stühle gegenüber und die Chicha dazwischen, sodass wir beide abwechselnd rauchen konnten. Daneben ein kleines Tischchen für das Bier. An diesem Abend war es noch außergewöhnlich heiß. Nasser zog sofort seine Shorts aus, wir hatten sowieso nichts anderes mehr an, sodass er komplett nackt war. Das Gleiche tat ich dann auch. Ich spürte eine knisternde Spannung in der Luft. Splitternackt auf dem Balkon zu sitzen, auf der Straße gingen die Leute vorbei und ahnten nichts. Das war für mich ziemlich aufregend. Während wir unser Bier tranken und abwechselnd an der Chicha rauchten, spielte Nasser an seinem Sipp, der wieder einmal beachtlich groß wurde. Das alles machte mich an, und während Nasser an der Chicha zog, lutschte ich an seinem Sipp, was ihm sichtlich guttat. Dieses Spiel machten wir dann gegenseitig eine ganze Weile, bis wir so stark erregt waren, dass wir ins Zimmer zurückgingen und Nasser mir seinen Wonneprügel von hinten hineinstieß. Es war nun wieder einmal spät geworden und Nasser meinte, dass er nach Hause müsse, um sich um seine Schwester sowie seine Tochter zu kümmern. Das kannte ich nun schon, hätte ich ihn auch gern noch die Nacht im Bett bei mir gehabt, aber eigentlich war es auch viel zu heiß. So verabschiedeten wir uns bis zum nächsten Wochenende, wo dann dieselbe „Zeremonie“ wieder stattfand.

Wohnungssuche

Inzwischen ging es auf den Herbst zu und ich machte mir Gedanken darüber, wie wir in Zukunft weiterleben wollten. Vor dem nächsten Winter graute es mir nämlich bereits. In den großen, hohen Räumen keine richtige Heizung, nur die Gasflaschen, nein, das wollte ich nicht mehr. So suchte ich ein Gespräch mit Georg und fragte ihn, wie er sich die nächste Zeit vorstelle. Er hatte schon gemerkt, dass ich nicht mehr wirklich zufrieden mit der Situation war, wusste aber keine Lösung. So sagte ich ihm: „Für mich gibt es jetzt nur noch zwei Möglichkeiten, entweder wir gehen ganz nach Deutschland zurück und lösen beide Wohnungen auf oder wir suchen uns eine andere Wohnung mit Zentralheizung." Nach Deutschland zurück wollte ich eigentlich auch nicht, ich war hin und her gerissen. Wir wollten dann auch nicht wieder zwei Wohnungen mieten, sondern eine größere mit zwei Schlafzimmern, sodass unsere tunesischen Freunde sich aus dem Weg gehen konnten. Mohammed hatte sich nämlich immer noch nicht mit Nasser richtig angefreundet. Man ging freundlich miteinander um, aber mal zusammensitzen und ein Bier trinken, das ging nach wie vor nicht. Da zeigen sich wieder einmal die unterschiedlichen Mentalitäten.

So beschlossen wir, einen Makler aufzusuchen, und zwar in Hamman Sousse. Das Maklerbüro machte einen guten Eindruck. Außerdem wurden wir gleich in Englisch angesprochen, was die Sache erheblich erleichterte. Der junge Mann war sofort bereit, mit uns eine Wohnung als Erstbezug anzusehen. Die Neubauten in dieser Gegend hatten alle europäischen Standard. Aber es gab einiges zu bedenken. Die Wohnung gefiel uns schon recht gut, hatte aber einen Haken. Das Haus hatte einen Concierge, was hier nicht ungewöhnlich ist. Es konnte aber Probleme geben, wenn man als Europäer Tunesier zu Besuch hat. Außerdem musste ein Supermarkt in der Nähe sein und die nächste Einkaufsmöglichkeit für Bier durfte auch nicht zu weit entfernt sein. So schauten wir uns noch andere Wohnungen an, bis der Makler uns anbot, eine Wohnung anzusehen, die einer seiner Brüder vermietete. Er erklärte uns, dass sein Bruder in der Schweiz lebe, aber nächste Woche in Sousse sei. Diese Wohnung gefiel uns auf Anhieb. Einen Concierge gab es nicht und alle sechs Wohnungen waren meistens auf Zeit an Touristen vermietet. Wir entschieden uns für die Wohnung in der 2. Etage, damit wir niemanden über uns hatten. Falls tunesische oder algerische Touristen im Sommer einziehen sollten, musste man mit viel Krach rechnen. Südländer sind eben lauter als Europäer. Erfahrungen in dieser Hinsicht hatten wir in den letzten Jahren genug gesammelt. Es gab zwei Schlafzimmer, einen großen Salon mit Balkon sowie Bad und Küche, ebenfalls mit Balkon. Diele gab es nicht, ist auch nicht üblich. Aber eine Trennung durch einen Vorhang zum Wohnbereich hatten wir uns schon ausgedacht. Der Mietpreis war auch akzeptabel, denn für eine Wohnung mit dieser Ausstattung und dieser Lage, waren TD 350,– nicht zu viel. Natürlich nur für uns, ein Tunesier konnte das nicht bezahlen. Es ist eben so, wie mir ein junger Mann einmal erklärte: In Tunesien können alle Menschen gut leben, nur die Tunesier nicht. Daran ist viel Wahrheit, verdient doch normalerweise kaum jemand mehr als TD 300,– bis TD 400,– monatlich. Es wurde also der Mietvertrag, üblicherweise für ein Jahr, vorbereitet. Einige Tage später traf auch der Vermieter aus der Schweiz ein, sodass wir den Vertrag unterscheiben konnten und die Schlüssel bekamen. Der Vermieter war ausgesprochen sympathisch. Er sprach natürlich ein perfektes Schweizerdeutsch, was uns nur recht sein konnte. Das war das erste Mal, dass wir einen Vermieter hatten, mit dem wir uns in Deutsch unterhalten konnten. Später stellte er uns noch seine Schweizer Frau vor, auch sehr nett, aber erheblich jünger als er. Er meinte dann, als wir allein unter Männern waren, dass er schon einmal verheiratet war, aber mit einer jüngeren Frau würde es mit dem Sex besser klappen. Nun ja, das konnte man nachvollziehen.

Die neue Wohnung

Für den Umzug organisierte Mohammed einen Klein-Lkw, Camion, wie man hier sagt. Mit drei Fahrten hatten wir alles drüben. Die alten Wohnungen waren teilmöbliert, weshalb wir Betten und Matratzen brauchten. Die Beschaffung übernahm Mohammed. Durch ihn kamen wir preisgünstiger an die Möbel. Er bekommt als Tunesier den korrekten Preis, wir aber müssen meistens Touristen-Aufschlag bezahlen.

Außerdem war Mohammed der geborene Maggel-König. Da in einem Schlafzimmer ein Kleiderschrank eingebaut war, konnten wir den zurücklassen. Den hat sich dann gleich Nasser reserviert. In seiner Wohnung hatte er nämlich nur einen Garderobenständer, da kam der Schrank gerade recht. So wurde die Wohnung nach und nach gemütlich eingerichtet mit Gardinen und künstlichen Blumen als Dekoration. Das war mittlerweile unsere fünfte Wohnung und Georg hatte es sich zur Aufgabe gemacht, auch hier, wie in den anderen Wohnungen vorher, das Toilettenbecken zu reinigen. Das war hier immer eine Schwachstelle. Nachdem auf dem Flachdach zwei große Satellitenschüsseln installiert waren, konnte das gewohnte Leben wieder beginnen. Jetzt eben alle in einer Wohnung. Unter der Woche, wenn ich mit Georg allein war, hatten wir keine Probleme. Mohammed kam zwar auch fast täglich, aber immer erst abends und verschwand dann mit Georg in dessen Zimmer, wo auch Fernsehen geguckt wurde und eine gemütliche Wohnecke angelegt worden war.

Die Wochenenden gestalteten sich schon etwas schwieriger. Nasser kam meistens am späten Nachmittag, sodass wir zusammen zu Abend essen konnten. Nasser wünschte sich wie immer „cuisse de poulet“. Georg wollte natürlich wissen, wie das in Zukunft mit dem Sex ablaufen sollte. Ja, sagte ich, eigentlich hätten wir ein Schlafzimmer und könnten uns dorthin verziehen. Aber mit Nasser ist das etwas schwierig. Er möchte nämlich beim Sex immer einen Sexfilm sehen und der Fernseher steht nun einmal im Salon. Diese Filme sind natürlich in Tunesien verboten, weshalb ich immer welche aus Deutschland mitbrachte. Allerdings mussten es Filme sein mit Männern und Frauen. Das machte Nasser offensichtlich mehr an, als wenn nur Männer aktiv waren. Sich in die Psyche eines bisexuellen Mann zu versetzen, fiel mir manchmal ziemlich schwer. Im Fernsehen sah er Mann und Frau beim Sex zu und saß auf dem Sofa und machte Sex mit einem Mann. Dazu wurde immer Chicha geraucht, die dann schon mal im Eifer des Gefechts umfiel. Die glühende Holzkohle verteilte sich dann auf dem Teppich. Da dieses kein echter Orientteppich war, war er nach kurzer Zeit mit Brandflecken übersät. Aber egal, es machte mit Nasser immer noch viel Spaß.

Dieser Stadtteil war völlig anders als der vorherige. Es kamen viel weniger Passanten am Haus vorbei und es war ziemlich aussichtslos, mit jemandem Kontakt aufzunehmen zwecks Quickie. Außerdem war Georg immer in der Wohnung und ständig musste ich damit rechnen, dass Mohammed zur Tür hereinkam. So machte ich aus der Not eine Tugend. Unter der Woche, wenn ich allein vorm Fernseher saß und es mir langweilig wurde, Georg und Mohammed befanden sich ja in ihrem Zimmer, machte ich einen Spaziergang in Richtung Strand. Dort gab es auch ein Restaurant mit Bierausschank. Touristen fand man hier keine, wohl aber Einheimische. Mit denen konnte ich meistens nicht viel reden, außer ein paar Floskeln, aber so war ich doch unter Menschen. Eines Abends, ich hatte an der besagten Bar wieder einige Biere getrunken, verließ ich das Lokal. Mein Weg führte über die Terrasse, wo ein Tunesier mittleren Alters saß und speiste. Während ich an ihm vorbeiging, grüßte er freundlich auf Deutsch. Ich erwiderte den Gruß und verschwand auf die Straße. Da ich noch keine Lust hatte, nach Hause zu gehen, bog ich in die Hauptstraße ein, um noch die laue Sommernacht ein wenig zu genießen. Autos donnerten an mir vorüber, aber Passanten waren keine auf der Straße. Plötzlich hörte ich hinter mir eilige Schritte. Kurz darauf war neben mir der junge Mann, der mich gerade noch auf der Terrasse freundlich gegrüßt hatte. Er sprach mich sofort an und meinte: „Du bist doch Deutscher, nicht wahr?“ „Ja“, sagte ich, „ich bin Deutscher.“ „Das ist aber nett, dass ich dich hier treffe“, meinte er, „dann könnten wir uns doch ein wenig unterhalten. Ich komme nämlich auch aus Deutschland, und zwar aus Münster in Westfalen, kennst du das?“ „Nein, obwohl ich in Bonn wohne, war ich noch nie in Münster, aber es soll eine sehr schöne Stadt sein. Du sprichst perfekt Deutsch, bist du schon lange dort?“ „Ja natürlich, ich bin dort mit einer deutschen Frau verheiratet und habe einen Sohn. Ich besuche hier im Moment meine tunesische Familie. Meine Frau und Sohn kommen nächste Woche auch für einige Tage nach hier.“ Ich wollte jetzt gern wissen, was er wirklich von mir wollte. Der war doch nicht so schnell hinter mir hergekommen, um mir seine Familiengeschichte zu erzählen. Da er mir sehr sympathisch war und mir auch sonst gut gefiel, fragte ich ihn, was er denn noch so am Abend unternehmen wolle. „Ich habe schon länger keinen Sex mehr gehabt und habe heute Lust darauf. Ich finde dich sehr nett, was meinst du, hast du auch Lust, mit mir etwas zu machen?“ Da schlug mein Herz gleich wieder höher, hatte ich an diesem Abend doch mit so etwas nicht gerechnet. Aber ausschlagen wollte ich die Gelegenheit auch nicht, dazu gefiel er mir viel zu gut. „Mit zu mir nach Hause nehmen, kann ich dich nicht, aber wir können uns hier in der Nähe in die Büsche schlagen.“ „Kennst du denn ein Plätzchen?“, fragte er. „Das ist kein Problem und vor der Polizei sicher, nun denn, lass uns gehen.“ Dieses Gebiet war nur zum Teil besiedelt und neben der Hauptstraße befanden sich noch einige ehemalige Olivenplantagen, die im Laufe der Jahre etwas verwildert waren. Ich kannte dort einen Platz, wo man sich ungestört vergnügen konnte, was wir dann auch taten. Nach unserem gemeinsamen Abenteuer war Rachid sehr leutselig. Er wollte mich unbedingt wieder treffen und gab mir gleich zwei Telefonnummern. Zum Schreiben hatte ich natürlich nichts dabei, so versuchte ich, die Nummern im Kopf zu speichern. Dabei hatte ich im Hinterkopf, dass man sich vielleicht in Deutschland einmal treffen könnte. Er hatte mir zwar gesagt, dass er Sex mit Männern dort nicht mache, aber trotzdem, Gelegenheit macht Diebe, dachte ich.

Zwei Tage später, ich hatte mir tatsächlich eine der Nummern merken können, rief ich ihn an. Ich stellte mich vor und wurde am anderen Ende auch auf Deutsch verstanden. Ich bin sicher, dass Rachid am Telefon war, aber leider ließ er sich verleugnen. Er meinte: „Rachid ist mein Bruder und der ist gerade nicht zu Hause." Das alles in fließendem Deutsch. Ich bin sicher, dass er selbst am Hörer war und ihm die ganze Sache jetzt peinlich war. An dem Abend hatte er vermutlich sehr viel Druck gehabt. Wenn keine Frau in der Nähe ist, nimmt man einen Mann, so ist das eben hier. Ein anderes Mal, wieder unter der Woche, verließ ich die besagte Bar und ging wenige Meter zum Strand hinunter. Obwohl es hier zwei Hotels gab, war kaum jemand auf der Straße zu sehen. Ich beobachtete den Strand und genoss die Ruhe und das Meeresrauschen. Plötzlich stand ein junger Bursche, vielleicht Mitte 20, neben mir und sprach mich an. Das Ritual ist immer dasselbe. Wo wohnst du? Woher kommst du? Und so weiter. Er sprach wiederum recht gut Deutsch und erzählte mir, dass er für die Nachtwache in dem benachbarten Neubau zuständig sei. Wenn ich Lust auf Sex hätte, könnten wir dort hingehen. Da wir uns schon eine Weile unterhalten hatten, schätzte ich ihn als solide und zuverlässig ein, sodass ich zustimmte. Er erwartete natürlich ein kleines Geschenk in Form von Geld, was ich auch völlig in Ordnung fand. Ich habe dann meine Spaziergänge nach dem Barbesuch noch einige Male fortgesetzt. Einmal stand er auf der Straße und unterhielt sich mit jemand. Ich ging vorbei und grüßte kurz. Als er mich bemerkte, rief er hinter mir her: „Geh schon einmal vor, ich komme gleich nach!" Offensichtlich verstand sein Begleiter kein Deutsch, sodass wieder ein Quickie im Neubau fällig war. So ging das über mehrere Wochen, bis dass ein neuer Wächter „älteren Datums" auftauchte. Damit gab es für diese Abenteuer keine Fortsetzung. Nach Sousse kamen wir nur noch selten. Alle Geschäfte, die man so brauchte, waren in der Nähe. Nur der Biertransport war weiter. Dazu fuhren wir meistens mit dem Fahrrad nach Port Marina, wo es einen Bierverkauf gab. Auf unserer Straße gab es außer unserem Mietshaus nur Villen-Grundstücke. Vom Wohnzimmerbalkon aus konnten wir auf das Nachbargrundstück schauen. Hier wohnte offensichtlich eine sehr reiche Familie. Wie wir später erfuhren, handelte es ich um einen Geschäftsmann. Es ist arabische Sitte, dass man um sein Grundstück eine hohe Mauer zieht, damit niemand hineinsehen kann. Friedel sagte einmal, sie mögen nicht, dass man bei ihnen in die Wohnung schaut, während sie gern hinausschauen, mit anderen Worten, sie sind auch neugierig. Rings um das Haus befand sich ein gepflegter Garten. Jeden Samstag kam ein Gartner, wässerte und pflegte den Rasen sowie die Blumenbeete. Gegenüber befand sich eine Grundschule. In den Pausen wurde es manchmal ziemlich laut, natürlich auch morgens vor Schulbeginn. Ich beobachtete manchmal die Kinder, wie sie sich zankten und rauften. Dann wurde es aber schlagartig ruhig und sie stellten sich wie an der Schnur gezogen in einer Zweierreihe vor der Tür auf. Des Rätsels Lösung? Etwa 100 Meter weiter bog der Lehrer mit dem Fahrrad um die Ecke. Ich fragte Georg: „Was meinst du, haben bei uns die Kinder auch so viel Respekt vor dem Lehrter?“ Wir hatten beide große Zweifel.

Hausbesichtigung

Es war wieder Wochenende und Nasser wartete mit einer Überraschung auf. Er erzählte uns, dass das Haus, wofür ich ihm das Geld gegeben hatte, jetzt fertig sei und er wolle es uns gern zeigen. Ich hatte schon seit längerer Zeit nachgefragt, wann wir das Haus endlich besichtigen könnten. Bisher kannten wir es ja nur im Rohbau. So machten wir uns auf den Weg, indem wir ein Taxi heranwinkten und nach Cité Sehour fuhren. Nasser gab dem Taxi-Fahrer Anweisung, wohin er in der Neubau-Siedlung fahren sollte. Schließlich hielten wir genau dort, wo wir Monate vorher schon einmal waren. Straßennamen gab es übrigens immer noch nicht. Wir stiegen aus und gaben dem Taxi-Fahrer zu verstehen, dass er warten möge, da in dieser Gegend ein anderes Taxi für den Rückweg nicht zu bekommen war. Sowohl Georg als auch ich waren der Meinung, dass wir nun das fertige Haus von innen besichtigen würden, aber weit gefehlt. Nasser erklärte uns, dass das Haus inzwischen an eine junge Dame vermietet sei. Der Unterschied zur ersten Besichtigung war nur, dass das Haus jetzt verputzt war und Fenster hatte. Mehr konnte man von außen nicht sehen. Wir waren beide sehr enttäuscht und stiegen wortlos in das wartende Taxi. Auf meine Frage, warum wir nicht innen besichtigen könnten, meinte Nasser, die Dame wäre berufstätig und außerdem könnten drei Männer nicht zu Besuch bei einer alleinstehenden Frau erscheinen. Das stimmt zwar, das geht in diesem Land nicht, aber das hat Nasser schließlich auch vorher gewusst. Mir kam die ganze Angelegenheit inzwischen sehr merkwürdig vor. Am nächsten Tag, Nasser war wieder weg, besprach ich die Sache noch einmal mit Georg. Er war auch der Meinung, dass da etwas nicht stimmte. So machte ich die Rechnung folgendermaßen auf. Nasser arbeitete ja auf der Baustelle am neuen Flughafen und verdiente Geld. Für das Haus bekam er, wie er sagte, TD 200,– monatlich. Da er die ersten zwei Jahre nichts abzahlen musste an die Bank, hätte er immer

Geld haben müssen. Hatte er aber nicht, denn jedes Mal, wenn er am Wochenende zu mir zu Besuch kam, waren seine Taschen leer. Selbst die Telefonkarte musste ständig erneuert werden. Langsam kam bei mir der Verdacht auf, dass ich ganz schön abgezockt würde. Georg war derselben Meinung und tröstete mich damit, dass Mohammed auch nicht gerade billig wäre. Georg klagte: „Es ist immer etwas anderes fällig, die Krankenkasse, dann die Autoversicherung oder eine Reparatur am Auto." So konnte es nicht weitergehen, da waren wir uns einig. Nur, wie konnte man das ändern? Eigentlich waren wir ziemlich ratlos. Bei Mohammed waren die Ausgaben ja noch nachvollziehbar, d. h., er brauchte das Geld wirklich für diese Dinge. Sein Job als Taxi-Fahrer warf nicht genug ab, um alle Kosten zu decken. Bei Nasser hatte ich überhaupt keine Ahnung, wo das Geld blieb. Meine Überlegung ging dahin, dass wenn meine normale Rente aus Deutschland nicht mehr ausreichte und ich auf das Sparbuch zurückgreifen müsste, nur weil mein Liebhaber zu teuer wäre, dann sei es Zeit, darüber nachzudenken, die Beziehung zu beenden. Ich besprach das Problem mit Georg. Wir waren beide der Meinung, dass das leichter gesagt als getan ist. So schlug ich vor: „Wenn sich in Zukunft nichts ändert, müssen wir hier die Zelte abbrechen." Georg schluckte dreimal kräftig. Ich wusste, dass ihm das nicht leichtfiel. Hatte er doch zu Mohammed eine sehr enge Beziehung, trotz aller Querelen in der Vergangenheit. Für mich war das leichter. Ich mochte Nasser zwar sehr, aber hier stand immer der Sex im Vordergrund. Eine Beziehung, die so hohe Kosten verursachte, wollte ich auf Dauer nicht aufrechterhalten. So verging die Zeit und es passierte nichts Außergewöhnliches. In die Stadt kamen wir nur selten und der Kontakt zu Rudi und Paul beschränkte sich auf Kaffee trinken im Café La Plage. Claudia hatte inzwischen ihre Wohnung aufgegeben und war nach Mainz zurückgekehrt. Sie hatte Lunes klargemacht, dass sie keine Dauerbeziehung mit ihm wolle, hatte aber, wie man hörte, von Deutschland aus immer noch per Internet Kontakt zu ihm. So wurde die deutsche Gemeinde immer kleiner. Es kamen zwar auch neue Gesichter, aber dadurch, dass wir nicht mehr im

Zentrum wohnten, lernten wir niemanden wirklich kennen. Jetzt wohnten wir schon mehr als ein Jahr in der neuen Wohnung und es gab keine besonderen Vorkommnisse, dachte ich. Nasser erklärte mir eines Abends: „In den letzten Monaten habe ich dich doch oft wegen Geld gefragt." „Ja", sagte ich, „ziemlich oft, das kann man wohl sagen." „Weißt du, ich habe das Geld nicht leichtfertig ausgegeben." „Was hast du denn sonst damit gemacht?", fragte ich. „Du kennst doch das Grundstück meiner Eltern in Sidi Saad. Dort ist alles sehr primitiv, kein Bad, keine richtige Küche und Toilette." Na ja, das konnte ich bestätigen, hatte ich doch alles in der Vergangenheit selbst kennengelernt. „Ich habe das Geld gespart und eine Toilette gebaut sowie die Küche gefliest. Bist du jetzt böse, dass ich dir nicht gleich die Wahrheit gesagt habe?" „Nein, ich bin dir nicht böse", sagte ich. Verärgert war ich aber schon, andererseits aber auch wieder froh, dass er das Geld sinnvoll angelegt hatte. Das war die erste Hiobsbotschaft und die nächste sollte folgen. Auf der Dachterrasse hatten wir noch einen kleinen Abstellraum, in dem auch unsere Fahrräder standen. Ich machte mich an meinem Fahrrad zu schaffen und bemerkte einen großen Karton mit Geschirr, den ich vorher dort noch nie gesehen hatte. Das Geschirr kam mir allerdings bekannt vor. Das Kaffeeservice hatte Mohammed doch vor einigen Jahren aus Ägypten mitgebracht. Was machte das denn hier auf dem Speicher? Da ich völlig ratlos war, fragte ich Georg. Der gab mir kleinlaut zu verstehen, dass es wirklich das Geschirr von Mohammed sei. „Warum steht das denn bei uns auf dem Speicher?", fragte ich. „Mohammed hat seine Wohnung an seinen Stiefvater verkauft. Der hat zur Bedingung gemacht, dass er sofort auszieht. Darum hat er den Karton hier untergestellt." Ich war wie vor den Kopf geschlagen. „Er hat seine Wohnung verkauft, warum das denn?" Georg schaute mich hilflos an: „Weil er Geld brauchte. Du weißt doch, dass noch eine Gerichtsverhandlung anhängig war. Die ist jetzt gewesen. Mohammed wurde verurteilt, an seine Ex-Frau TD 7000,– Unterhalt nachzuzahlen. Das war auch zu erwarten, dass da noch einiges im Raum stand. Um ehrlich zu sein, dafür, dass er in der Vergangenheit nichts bezahlt hat, ist das noch nicht einmal zu viel. Hätte er nicht bezahlt, wäre ein längerer Aufenthalt im Gefängnis fällig gewesen. Davor hatte Mohammed eine panische Angst. Das eine Mal vor einigen Jahren hat ihm gereicht. Gefängnis in diesem Land ist kein Zuckerschlecken, wie du weißt." „Warum hat er denn nicht sein Auto verkauft?", erwiderte ich. „Das braucht er doch sowieso nicht, es verursacht außerdem nur unnötige Kosten." „Mohammed fährt doch für sein Leben gern Auto", meinte Georg, „darum kann er sich von dem Auto nicht trennen. Außerdem ist das für ihn vermutlich ein Prestigeverlust." „Er fährt doch jeden Tag Taxi, das sollte eigentlich genügen. Im Übrigen ist eine eigene Wohnung hier etwa so gut wie ein Lottogewinn. Warum hat er dir nichts gesagt, sonst bespricht er alles mit dir", sagte ich zu Georg. „Wenn es etwas Wichtiges gibt, handelt er allein." Jetzt wusste ich auch, warum Mohammed jeden Abend hier war, aber oft zu Besuch kommen und immer bei uns wohnen, sind zweierlei.

Aufbruchsstimmung

Ich schlug Georg vor, dass wir nun endgültig einen Plan fassen sollten, um die Zelte abzubrechen. Er war auch meiner Meinung, wusste aber noch nicht so genau, wie. „Du kannst ja Mohammed schon einmal schonend beibringen, dass wir in den nächsten Monaten nach Deutschland zurückgehen und dann nur noch sporadisch zurückkehren. Die Wohnung wird natürlich aufgelöst, wir können auch im Hotel wohnen."

„So weit, so gut", meinte Georg, „dann hat Mohammed aber immer noch keine Bleibe, aber ich werde darüber nachdenken." Am nächsten Abend, ich saß allein im Salon und guckte Fernsehen, stürzte Mohammed ganz aufgeregt aus seinem Zimmer, natürlich alkoholisiert, und blieb vor mir stehen. „Was ist passiert?", fragte ich. „Georg hat mir gerade erzählt, dass ihr demnächst nach Bonn zurückgehen wollt und außerdem bist du mit Georg verheiratet, stimmt das?" „Dass wir bald zurück wollen, ist richtig, aber verheiratet, frag doch besser Georg." „Nein, ich will das von dir wissen, ich kann das nicht glauben." „Nun, wenn du meinst, Georg hätte dir die Wahrheit gesagt, dann ist das so." Mohammed verschwand in seinem Zimmer, in dem sich auch Georg befand, und knallte die Tür heftig zu. Da taten sich einmal wieder die unterschiedlichen Mentalitäten auf. Georg musste akzeptieren, dass er verheiratet war und zwei Kinder hatte, alles kein Problem. Aber Georg durfte nicht Gleiches tun. Dahinter steckte wohl eine gewisse Eifersucht, auch machte mich Mohammed immer wieder verantwortlich dafür, dass wir nach Deutschland zurück wollten. „Das hätte ich nicht gedacht", beschimpfte er mich, „und du bist an allem schuld." Ich widersprach nicht, wusste ich es schließlich besser. Die Lage hatte sich erst einmal beruhigt und einige Wochen vergingen. Wir genossen den Herbst, der hier noch immer milde Temperaturen hatte. Georg hatte das Thema Rückkehr nicht mehr angesprochen, aber ich wusste, er beschäftigte sich damit. Schließlich kam er eines Nachmittags zu mir und erklärte mir, dass er einen Plan hätte und dieser auch mit Mohammed schon besprochen worden sei. „Wie stellst du dir unseren Rückzug denn vor und warum jetzt so plötzlich?“ Georg meinte: „In letzter Zeit habe ich den Eindruck, dass Mohammed seine ‚Felle wegschwimmen‘ sieht, er kommt dauernd mit neuen Geldforderungen.“ „Ich bin einverstanden“, sagte ich, „meinetwegen können wir sofort abhauen.“ Aber wir hatten verabredet, dass wir einen geordneten Rückzug vollziehen wollten und der musste erst einmal geplant werden. Mohammed war bereits auf Wohnungssuche und wohl auch schon fündig geworden. Jedenfalls kann er in Cité Riad ein Appartement mit zwei Zimmern für TD 150,– bekommen. Das ist in einer Neubausiedlung und Erstbezug. Georg hatte Mohammed versprochen, dass, wenn wir wieder in Deutschland sind, er ihm jeden Monat das Geld für die Miete überweisen würde. Wir waren uns einig, dass das die beste Lösung sei. Wenn es denn dabei bliebe, waren umgerechnet ca. € 80,– monatlich für Georg keine große Belastung. Wir hatten beschlossen, auch in Zukunft noch nach Sousse zu kommen, und Georg wollte natürlich auf Mohammet nicht ganz verzichten. Auch waren wir uns einig, dass Mohammed unsere Möbel bekommt. Schließlich waren wir komplett eingerichtet mit Salon und Schlafzimmer sowie Küche. Unter diesen Umständen konnte Mohammed das alles ganz gut verkraften, obwohl er immer wieder sagte: „Das hätte ich nie gedacht, dass ihr einmal geht.“

Nachdem unser Entschluss feststand zu gehen, legten wir das endgültige Datum auf den Termin, der in unseren Flugscheinen für die Rückreise vorgesehen war. Danach hatten wir noch knapp zwei Monate Zeit, alles zu regeln. Zunächst informierten wir unseren Vermieter. Der war natürlich sehr überrascht und hätte uns gern noch ein paar Jahre behalten. Da wir die Kündigungsfrist nicht einhalten konnten, boten wir ihm an, auf die Rückzahlung der Kaution zu verzichten und die Möbel, die wir niemandem schenken konnten, an Verkauf war sowieso nicht zu denken, stehen zu lassen. Er war mit dieser Lösung sofort einverstanden. Jetzt kam es darauf an, Nasser zu informieren, bevor evtl. Mohammed ihm von dieser Neuigkeit berichtete. Normalerweise sprachen die beiden kaum zusammen, aber in diesem Fall war ich nicht sicher, die Emotionen kochten doch ziemlich hoch.

Am Samstag war wieder wie üblich „Nasser-Abend“. Nach dem Abendessen, Georg hatte sich mit Mohammed bereits in ihr Zimmer verzogen, tranken wir erst einmal ein paar Bier zusammen und rauchten unsere Chicha. Der Sex kam auch nicht zu kurz, wie üblich rauchte ich Chicha und „Chicha naturell“ abwechselnd mit dem Gedanken im Hinterkopf, dass ich diese Zeremonien in Zukunft wohl vermissen würde. Nach weiteren Flaschen Bier fasste ich mir dann ein Herz und bereitete Nasser vorsichtig darauf vor, dass wir in den nächsten Monaten die „Zelte“ abbrechen würden. Allerdings hielt ich die Wahrheit noch ein wenig zurück. So erzählte ich ihm, dass wir planmäßig ausreisen würden, aber nach einigen Wochen noch einmal zurückkehrten, um dann endgültig die Wohnung aufzulösen. Ich begründete das damit, dass wir die Kündigungsfrist einhalten müssten, was ja nicht stimmte. Nasser war natürlich total überrascht, auch er hatte wie Mohammed geglaubt, wir würden noch einige Jahre in Sousse bleiben. Um seinen Fragen, die er jetzt bestimmt hatte, zuvorzukommen, erklärte ich ihm gleich, dass Mohammed den größten Teil der Möbel bekomme. Das sah er auch ein, denn er wusste inzwischen, dass Mohammed seine Wohnung wegen der Unterhaltsforderungen seiner Ex-Frau verkauft hatte. Gleichzeitig gab ich Nasser zu verstehen, dass für ihn auch noch einiges übrig bliebe. Deshalb gab ich ihm schon nach und nach immer einige Dinge mit, die er für seine Wohnung gebrauchen konnte. Meine Strategie war, ihm die Gewissheit zu geben, dass wir auf jeden Fall zurückkommen würden. Ich wollte damit vermeiden, dass er in der Zeit, die uns noch blieb, größere Forderungen stellte. Das hat auch funktioniert. So leerte sich die Wohnung nach und nach. Da wir jeder nur mit einem Koffer und Handgepäck reisen konnten, mussten wir uns von vielen Sachen trennen. Viele Kleidungsstücke hängten wir einfach gegenüber an den Zaun der Schule neben die Müllbehälter. Vom Balkon aus beobachteten wir dann, wie ein Stück nach dem anderen mitgenommen wurde. Es war auch eine innere Beruhigung, dass die Dinge, die noch jemand gebrauchen konnte, nicht einfach in den Müll geschmissen wurden, so konnte man sich leichter davon trennen. Mein Fahrrad stellten wir ebenfalls dazu, es war nach 10 Minuten verschwunden. Georgs Fahrrad wollte Mohammed für seinen kleinen Bruder haben, er bekam es auch. Inzwischen hatte Mohammed eine Wohnung im Neubaugebiet angemietet. Damit war klar, dass er sich damit abgefunden hatte, dass wir abreisen würden. Die erste Miete sowie die Kaution hatte Georg natürlich bereits bezahlt. Nach und nach brachte Mohammed Sachen, die wir nicht unbedingt brauchten, in seine neue Wohnung. So wurde es in unserer Wohnung allmählich ziemlich ungemütlich.

Die letzten Tage in Sousse

Jetzt waren es nur noch drei Tage bis zur Abreise. Da ein Bett sowie die Couch in der Wohnung zurückblieben, konnten wir uns einigermaßen behelfen. Am letzten Tag dann holte Mohammed den Küchenherd, Kühlschrank sowie Kleiderschrank, Bett und Fernseher ab. Da unsere Couch sehr ramponiert war, hatte er sich noch eine neue, d. h. gebrauchte, besorgt. Sämtliche Schränke waren nun leer, die Koffer gepackt und die Abreise konnte am nächsten Tag beginnen. Zum Glück mussten wir erst nachmittags am Flughafen sein, sodass wir am Morgen noch die Schlüsselübergabe mit dem Vermieter vornehmen konnten. Von Nasser hatte ich mich bereits einige Tage vorher am Wochenende verabschiedet. Ihm hatte ich vorgelogen, dass wir uns noch überraschend mit dem Vermieter hätten einigen können und die Wohnung schon jetzt aufgeben würden. Die Verabschiedung von Mohammed war auch kurz und bündig. Er hatte seinen Bruder dabei, um die letzten Möbelstücke in sein Auto zu verfrachten. Wir bestiegen mit Sack und Pack ein Taxi und fuhren zum Flughafen. Es kam mir alles ein wenig wie Flucht vor. Damit endete aber ein aufregender Lebensabschnitt. Das wurde uns allerdings erst viel später bewusst.

Wieder zu Hause

Wir hatten uns vorgenommen, erst einmal für einige Monate in Deutschland zu bleiben. Es war sowieso Winter und in Nordafrika auch kalt. So konnten wir uns schneller wieder in unserer gut geheizten und gemütlichen Wohnung einleben. Wir hatten zwar in den vergangenen Jahren gelernt, mit wenig Luxus und ohne die Annehmlichkeiten, die in Europa üblich sind, auszukommen, schätzten sie aber sehr schnell wieder. Nachdem einige Wochen vergangen waren und der Alltag uns wieder hatte, wurden wir beide erneut nervös. Also wurde das Reisebüro aufgesucht und vier Wochen Hotel-Urlaub in Sousse gebucht. Der Kontakt zu unseren Freunden wurde natürlich die ganze Zeit aufrecht erhalten. Besonders Mohammed quengelte und wollte wissen, wann Georg wiederkomme. In seiner blumenreichen Ausdrucksweise schrieb er auf Französisch, denn in Englisch ist er nicht perfekt, Folgendes:

Jour et nuit passent, et ton absence me tracasse.
Je ne sais pas si je pourrai y faire face mais.
Je sais que dans mon cœur t'as toujours la plus garde place.

Tag und Nacht vergehen und deine Abwesenheit beunruhigt mich. Ich weiß nicht, ob ich es schaffen werde, aber ich weiß, dass du in meinem Herzen immer den größten Platz hast.

Wieder in Sousse

Wir hatten ein Hotel zentral in der Stadt gebucht. Da Mohammed eine eigene Wohnung hatte, fuhr Georg jeden Abend dorthin und kam morgens zum Frühstück mit dem Taxi zurück. Abends ging ich dann allein auf Strecke oder besuchte Nasser in seiner Wohnung, die er sich mit seiner Schwester teilte. Wenn ich ihn besuchte, schickte er sie immer weg, damit wir ungestört waren. Das ging so lange gut, bis Nasser mit seinen Geldforderungen mein Budget sprengte. Es war der letzte Abend vor der Abreise nach Deutschland. Ich ließ Nasser immer Geld da für die Zeit meiner Abwesenheit. Er war übrigens gerade wieder arbeitslos. Ich gab ihm TD 300,–, das war ihm aber nicht genug. Wenn man bedachte, dass ein Normalverdiener nicht mehr als TD 300,– monatlich verdiente, fand ich, dass das genug sei, zumal ich sowieso nur vier Wochen weg war. Nasser sah das aber ganz anders. Er machte mir Vorhaltungen und meinte, wenn ich ihm nicht mehr geben könne, wolle er mein Geld gar nicht. Er würde dann eben seinen Fernseher verkaufen. Ich war sehr erbost und habe, ohne mich zu verabschieden, das Haus verlassen. Nasser kam hinter mir her gelaufen. Glücklicherweise kam gerade ein Taxi, in das ich kurzerhand hineinsprang und davonfuhr. So beschloss ich, die Beziehung mit Nasser endgültig zu beenden.

Im darauffolgenden Jahr kam Georg mit der Botschaft, dass Mohammed gern einmal Bonn und uns besuchen wolle. „Was meinst du dazu?“, fragte Georg mich. „Grundsätzlich hätte ich nichts dagegen, aber das wird teuer, und ob er ein Visum bekommt, ist auch fraglich.“ Schon einmal, einige Jahre zuvor, als wir noch in Sousse wohnten, hatte die deutsche Botschaft seinen Visumsantrag abgelehnt mit der Begründung, dass er, da nicht verheiratet, keine Bindung zur Familie hätte. Man befürchtete, dass er nicht mehr zurückfahren würde. Die Sorge der Botschaft war grundsätzlich begründet. Aber bei Mohammed brauchte man da eigentlich keine Angst zu haben, er liebte sein Tunesien sehr, obwohl er mit der politischen Lage ganz und gar nicht zufrieden war. Im Übrigen war er verheiratet. Dass er geschieden war, musste er der Botschaft nicht erzählen und zwei Kinder hatte er auch. Könnte also klappen und es klappte auch. Nachdem wir ihm die notwendige Einladung geschickt hatten, dauerte es noch vier Wochen und dann kam der erlösende Anruf: „Ich habe das Visum. Du musst mir Geld schicken, damit ich den Flug bezahlen kann, und Taschengeld brauche ich auch." Hatte ich gleich gesagt, das würde teuer. Aber egal, wir verlebten mit Mohammed zwei schöne Wochen, indem wir viele Ausflüge bis nach Berlin machten. Später sagte er einmal: „Ich verstehe gar nicht, warum ihr immer nach Tunesien kommt, Deutschland ist doch ein sehr schönes Land." Was er nicht wusste und was wir ihm auch nicht erzählt haben, ist, dass man als schwuler Mann kaum eine Chance hat, jemanden kennenzulernen, es sei denn, man zahlte für ein kurzes Abenteuer. Tunesien ist für uns zwar auch recht teuer geworden, eigentlich zu teuer, sonst hätten wir das Land nicht fluchtartig verlassen. Aber es macht einen Unterschied, ob man jemanden kontaktiert für gewerblichen Sex oder eben privat, wo man bezahlt, weil der andere der sozial Schwächere ist und oftmals ums Überleben kämpft. Die nächsten drei Jahre verlebten wir wieder überwiegend in Bonn. Aber dreimal im Jahr verbrachten wir die wärmere Jahreszeit in Sousse. Mohammed hatte sich damit abgefunden, dass wir überwiegend in Deutschland sein wollten. Eines Tages, das Telefon klingelt, Mohammed ist am anderen Ende. „Ich hatte dir vor einiger Zeit erzählt", sagt er zu Georg, „dass ich eine Polin kennengelernt habe. Ich rufe aus Krakau an. Es geht mir gut, ich mache gerade einen Sprachkurs hier an der Abendschule. Arbeiten tue ich auch, zunächst als Kellner in einem Restaurant." Georg war sprachlos, aber wiederum auch nicht. Dass Mohammed es auch mit Frauen konnte, war kein Geheimnis. Georg meinte dann auch: „Hoffentlich wird er mit der Frau glücklich, ich wünsche es ihm." Aber es kam einmal wieder ganz anders.

Das polnische Abenteuer

Es vergingen einige Wochen, bis wieder das Telefon klingelte und Mohammed dran war. Dieses Mal war alles viel dramatischer. Es war nämlich inzwischen Ende November und in Krakau war es empfindlich kalt. Mohammed war natürlich mit Sommer-Garderobe losgefahren. Die warmen Sachen, die er auch besaß, hatte er nicht eingepackt. Er fragte: „Kannst du mir eine warme Jacke schicken? Ich habe viel Ärger mit meiner Freundin, nach einem Streit hat sie mich rausgeschmissen und ich musste auf der Straße übernachten." Mohammed war zwar hart im Nehmen, aber mit dieser Situation war er doch überfordert. „Außerdem habe ich kein Geld, alles, was ich bisher verdient habe, hat sie mir abgenommen für Essen und Trinken. Ich möchte wieder nach Tunesien zurück, aber ich weiß nicht, wie. Mein Rückflugticket ist bereits verfallen, weil ich einen Tag nach dem Abflugtermin zum Reisebüro gegangen bin, um es umschreiben zu lassen." Ich merkte, Georg war ziemlich verärgert. So viel Dummheit auf einmal. So antwortete er dann auch: „Das ist alles dein Problem, ich kann dir nicht helfen." Warme Sache haben wir ihm dann aber doch geschickt und etwas Geld. Das hat ihm die Polin, wie er später erzählte, sofort abgenommen. Auch war es ihr ein Dorn im Auge, dass er uns als seine besten deutschen Freunde bezeichnete. Sie hasste die Deutschen, was wohl mit der deutsch-polnischen Vergangenheit zu tun hatte.

Es vergingen weitere Wochen bis zum nächsten Anruf. Da wir über Weihnachten und Neujahr wieder das Hotel in Sousse gebucht hatten, vereinbarten wir, dass wir uns dort treffen würden. Mohammed meinte, er würde es irgendwie fertigbringen, an Geld zu kommen, um einen Rückflug zu buchen. In Sousse angekommen, dauerte es nicht lange und Mohammed meldete sich wieder per Telefon. „Das Geld für den Rückflug habe ich nicht zusammenbekommen, aber ich habe eine Bitte an euch. Geht bitte zu meiner Mutter. Von dem Verkauf meines Autos hat sie noch einige Hundert Dinare. Überweist mir das Geld nach Polen an die bekannte Anschrift." Georg versprach ihm, dass wir uns kümmern würden. Zunächst informierten wir Mohammeds Bruder, der im gleichen Haus wohnte. Da die Mutter nur Arabisch spricht und ansonsten Analphabetin ist, brauchten wir einen Dolmetscher, der wenigstens Französisch verstand. Das klappte auch gut, sie gab uns das Geld mit sehr besorgter Miene. Jetzt kam das nächste Problem. Dinare sind keine konvertierbare Währung. Das bedeutete, dass wir die Dinare in Euro eintauschten. Von dort Euro oder Dollar in das Ausland zu schicken, war möglich, das wussten wir inzwischen. Also gingen wir zur Post. Ich raffte mein ganzes Französisch zusammen und erklärte dem Postbeamten, dass wir Euro nach Polen überweisen wollten. Irgendwie verstand er mich nicht richtig oder es war so ungewöhnlich, jedenfalls wollte er uns die Euro in Dinare umtauschen. Das ging nun wirklich gar nicht. Schließlich verschwand er erst einmal eine Weile im Nebenraum. Als er wieder auftauchte, erklärte er uns, dass wir eine Etage höher bedient würden. Also auf in die erste Etage. Dort wurde uns dann erklärt, dass wir an der richtigen Stelle wären, die Sachbearbeiterin aber zu Tisch sei. Wir müssten dann eben später wiederkommen. Das kostet richtig Nerven, aber man ist dem hilflos ausgesetzt und muss sich einfach danach richten. Zwei Stunden später dann ein erneuter Anlauf. Die zuständige Dame war an ihrem Arbeitsplatz. So trugen wir unser Anliegen noch einmal vor. Sie stellte noch einige Fragen, allerdings verstand ich nicht alles. So redeten wir eine ganze Zeit aneinander vorbei, bis dass sie das entsprechende Überweisungsformular endlich ausgefüllt hatte, die Euros kassierte und uns einen schönen Tag wünschte. Da hatten wir einen ganzen Tag gebraucht, um eine Geldüberweisung nach Polen auf die Reise zu schicken. Es war kurz vor Weihnachten, jetzt ging alles sehr schnell. Mohammed rief an, dass er das Geld bekommen und bereits einen Flugschein gekauft hätte. Genaues Datum und Uhrzeit, wann er in Monastir ankomme, teilte er uns auch mit. Er meinte aber, das Geld hätte gerade für den Flug gereicht. Da aber der Abflug ab Warschau sei, müsse er noch eine Bahnkarte kaufen. Dafür wollte ihm die Polin kein Geld geben. Schließlich tat sie es aber doch und Mohammed kam planmäßig in Sousse an. Wir mieteten ihn erst einmal in unserem Hotel ein, denn seine Wohnung hatte er zwar noch, sie war aber inzwischen vermietet. Wir waren natürlich neugierig, warum sein Polen-Abenteuer so gescheitert war. Seine polnische Freundin war wohl sehr dominant. Da sie Lehrerin war, auch kein Wunder. Mit einem arabischen Mann musste das schiefgehen, obwohl sie unserer Meinung nach alles richtig gemacht hatte, um ihn in Polen zu integrieren. Außerdem wurde er auf der Arbeit, zunächst auf einer Baustelle, dann als Kellner diskriminiert. Ausländerfeindlichkeit gibt es eben nicht nur in Deutschland. Er hatte dann noch Kontakt nach Krakau, auch bekam er wieder eine neue Einladung geschickt. Ich fragte ihn, ob er denn überhaupt noch einmal dorthin wolle, nach diesem Desaster. Antwort: „Ich mache einen Fehler nicht zweimal!" Das klang dann doch beruhigend.

Taxi-Geschichten

Mohammed hatte sich wieder eingelebt, er fuhr wieder Taxi, es passierte nichts Aufregendes. Deshalb erzähle ich hier, was einem alles so passieren kann, wenn man ein Taxi besteigt. Man mag es nicht glauben, dennoch ist es so passiert. Wie ich bereits vorher berichtete, kam ich am letzten Abend mit Nasser ziemlich verärgert aus Cité Riad zurück. Ich hatte ein Taxi herbeigewinkt. Der Fahrer war etwa Anfang 20 und etwas neugierig. Um diese späte Stunde war normalerweise kein Tourist mehr in dieser Gegend unterwegs. So wollte er wissen, woher ich denn jetzt noch käme. Ich sagte ihm, dass ich eine tunesische Familie besucht hätte und jetzt ins Hotel gefahren werden möchte. „Ach so, hast du Frau in Hotel?" „Nein, habe ich nicht." „Du bist allein hier?" „Ja, ich bin allein hier", log ich. „Hast du Frau in Deutschland?" „Nein, habe ich nicht." „Mann besser oder Frau besser?" „Egal, manchmal Frau besser, manchmal Mann." Das war jetzt eine diplomatische Antwort. Aus Erfahrung wusste ich, dass wenn man außer Mann auch Frau mochte, besser verstanden wurde. Nur Mann geht nicht, dann ist man schwul und das akzeptiert weder der Glaube noch die Gesellschaft. „In Tunesien Mann besser, bestimmt." „Ja, vielleicht." Während dieser Unterhaltung rieb er sich die ganze Zeit im Hosenschritt und grinste mich an. „Das gut", und zeigte auf seine Hose, die sich bereits nach außen wölbte. „Große Sipp, willst du Chicha?" Ich war irritiert, wusste nicht so recht, was ich sagen sollte, nickte aber trotzdem, einmal um zu sehen, was sich aus der prallen Hose befreien ließ, zum anderen konnte ich damit meinen Frust über Nasser gut abbauen, denn dort war an diesem letzten Abend nichts passiert. Der Fahrer bog jetzt von der Hauptstraße ab in eine unbeleuchtete Nebenstraße und meinte: „Müssen andere Route nehmen, wegen Polizei." Das verstand ich und beunruhigte mich auch nicht, da ich mich in der Stadt gut auskannte und genau wusste, welchen Weg er nehmen wollte. Jetzt fuhr er ganz langsam und öffnete flugs seinen Hosenstall. Heraus sprang sein bestes Stück. Er gab mir zu verstehen, dass ich nun bei ihm blasen solle. Das tat ich dann auch und gab zu bedenken, dass der Taxameter laufe und ich nur noch 10 Dinare in der Tasche hätte, was auch der Wahrheit entsprach. Schließlich war dieser Weg um einiges länger. „Das ist kein Problem, du bezahlst normale Preis, lasse Uhr nur laufen wegen Polizei." Dann beugte ich mich zu ihm herüber und blies ihm seinen Schwanz bis zum Erguss. Jetzt machte er einen sehr zufriedenen Eindruck und beeilte sich, sein nun erschlaffendes Glied zu verpacken. Dann gab er Gas und fuhr mich auf dem kürzesten Weg ins Hotel.

Ein anderes Mal spazierte ich die Strandstraße entlang. Vor einem großen Hotel standen wie üblich mehrere Taxis. Ein Fahrer sprach mich an und fragte, wohin ich wolle, er würde mich gern fahren. Ich lehnte dankend ab, denn ich wollte nirgendwohin fahren. Er ließ aber nicht locker und meinte: „Dann können wir doch ein wenig spazieren fahren, ich mache sowieso jetzt Feierabend." Irgendwo in die Prärie, das war mir auch zu gefährlich. Schnell merkte ich aber, dass er mehr wollte, als nur spazieren fahren, denn er rieb sich die Hose und meinte: „Chicha?" Der Typ gefiel mir recht gut, entsprach genau meinem Beuteschema, so konnte ich kaum widerstehen. Trotzdem sagte ich ihm, dass ich mich nicht außerhalb der Stadt begeben wolle. „Kein Problem", meinte er. „Ich wohne in Cité Riad, ich lade dich ein in mein Appartement. Später fahre ich dich auch wieder ins Zentrum zurück." Das klang recht gut. Selbst wenn er mich nicht zurückbringen würde, von dort aus kam ich immer wieder ins Hotel, denn den Stadtteil kannte ich besonders gut, dort wohnten Nasser, Mohammed und dessen Familie. So ließ ich mich überreden und die Fahrt ging los. Am Ziel angekommen, fuhr er sein Taxi ganz dicht ans Haus heran, damit der Weg ins Haus nur kurz war, wie ich vermutete. Die Nachbarn durften natürlich nicht mitbekommen, dass er einen Touristen mit in seine Wohnung nahm. Die wissen dann nämlich ganz genau, was Sache ist. Wir verbrachten eine schöne Stunde zusammen. Es ging ziemlich wild zu, er hatte bestimmt schon länger keinen Sex mehr gehabt. Tatsächlich brachte er mich ins Zentrum zurück. Gern hätte ich ihn noch einmal getroffen, aber er hatte wohl seinen Taxi-Standplatz gewechselt.

Beim nächsten Urlaub, ich war abends mit Georg in einer Hotelbar am Strand. Dort trafen sich viele Touristen und Einheimische. Man trinkt Bier und knüpft auch Kontakte. Gegen Mitternacht beschlossen wir, ins Hotel zu fahren. Wir verließen die Bar und winkten ein Taxi herbei. Der Taxifahrer machte eine Vollbremsung und öffnete unter „Hallo" die Tür. Georg setzte sich wie immer in den Fond und ich mich neben den Fahrer. Ich nannte ihm unser Hotel, was nur 20 Gehminuten entfernt war. Der junge Taxifahrer fing an zu singen und meinte, das wäre nur eine kurze Fahrt. Er würde gern noch mit uns etwas weiter fahren. Das lehnte ich aber ab. Dann machte er seine Hose auf und sagte zu mir: „Ich habe einen großen Sipp, willst du ihn mal sehen?" Er drehte den Kopf etwas nach hinten zu Georg und meinte: „Oder ist das ein Problem?" „Nein, das ist kein Problem", sagte ich. Dann ein Griff in die Hose und schon sprang der steife Sipp heraus. „Ist ein großer Sipp, möchte Sex mit dir machen." „Nein", sagte ich, „heute nicht, wir wollen ins Hotel." Dann hielt er schon ein Hotel früher an. „Da steht mein Freund, der fährt jetzt auch mit, kein Problem?" „Doch", sagte ich, „heute geht das nicht." Schnell bezahlte ich und sprang aus dem Taxi heraus. Georg, der im Fond alles mitbekommen hatte, war sichtlich irritiert. Auch er war ganz schnell ausgestiegen. Auf dieses Abenteuer wollte ich mich nicht einlassen und Georg sowieso nicht. Wer weiß, wohin die beiden mit uns gefahren wären.

Die Revolution

In den nächsten Jahren fuhren wir auch weiterhin nach Tunesien. Inzwischen hatte es Mohammed geschafft, uns in Köln ein zweites Mal zu besuchen. Das war ein ziemlicher finanzieller Aufwand für uns, aber Mohammed war es uns eben wert. Besonders bei seinem letzten Besuch, fünf Monate vor der Jasmin-Revolution, hatten wir viel Spaß. Wir zeigten ihm die schönsten Landschaften im Rheinland und in der näheren Umgebung von Köln. Eigentlich wollten wir ihm noch andere schöne Plätze in Deutschland zeigen. Aber seit einiger Zeit litt Mohammed an Diabetes. Mit dieser Krankheit kam er gar nicht zurecht.

Er musste nämlich spritzen. Seine Werte waren aber meistens so schlecht, dass wir nicht riskieren wollten, mit ihm weiter weg von Bonn in ein Hotel zugehen. Vor Ort konnten wir uns, falls nötig, besser helfen. So waren wir abends immer zu Hause und hatten viel Zeit zum Reden. Mohammed erzählte uns dann, wie schlecht ihn seine Mutter, die er über alles liebte, behandelte. Es machte uns nämlich stutzig, dass er nicht wie beim letzten Besuch für seine Mutter ein Geschenk mitnehmen wollte. So fragte ich: „Was ist los, deine Mutter freut sich doch bestimmt, wenn du etwas mitbringst?“ „Weiß ich nicht“, erwiderte er, „aber ich freue mich nicht.“ „Wieso das?“ „Ihr wisst doch, dass mein Stiefvater Anfang des Jahres verstorben ist.“ „Ja, natürlich, das wissen wir.“ „Und er hatte doch eine Taxi-Lizenz.“ „Ja schon, aber die hat er doch seinem ältesten Sohn verkauft, oder nicht?“ „Nein, hat er nicht. Er hat sie die ganze Zeit noch selbst besessen und nur einen Fahrer beschäftigt. Das Problem ist, dass die Lizenz nach seinem Tod noch sechs Monate Gültigkeit hat und auch vererbt werden kann. Das hat die Behörde meiner Mutter auch mitgeteilt.“ „Ach, dann hat deine Mutter die Lizenz geerbt?“ „Das hätte sie, wenn sie den Brief der Behörde hätte lesen können. Aber sie ist ja Analphabetin und sie hat den Brief keinem ihrer Kinder gezeigt, mir auch nicht“, erwiderte Mohammed. „Jetzt ist die wertvolle Lizenz also verloren?", fragte ich. „Zunächst ja, aber der Brief ist meinem Bruder Chalid in die Hände gefallen und er hat meine Mutter zur Rede gestellt. Die war natürlich völlig hilflos und ziemlich entsetzt, dass die wertvolle Lizenz nun für immer weg sein sollte.

Chalid ist dann aber mit dem Brief zur Behörde gegangen und hat denen den Sachverhalt erklärt. Da es noch immer unter den älteren Menschen viele Analphabeten gibt, zeigte man Verständnis und hat die Lizenz wieder aufleben lassen." „Das ist ja prima. Dann hat deine Mutter die Genehmigung also wieder und kann darüber verfügen?" „Das hat sie und darüber verfügt hat sie auch." „Wieso", fragte ich, „was hat sie denn damit gemacht?" „Ihr werdet es nicht glauben, sie hat die Lizenz an eine völlig fremde Person verkauft und dafür einige Tausend Dinare erhalten. Zusätzlich bekommt sie noch weitere fünf Jahre eine kleine monatliche Zahlung." „Und davon hast du nichts gewusst?", fragte ich. „Nein, erst als es zu spät war, habe ich davon erfahren, das ist meine ‚blade-shit-Mum'! Ich habe sehr viel geweint." Wir waren wie vor den Kopf gestoßen. In der Form hat Mohammed noch nie von seiner Mutter gesprochen. Jetzt konnten wir uns auch erklären, warum er ihr kein Geschenk aus Deutschland mitbringen wollte, er tat es dann aber doch. Die Enttäuschung aber muss für ihn grenzenlos gewesen sein. Bei uns hatte es ihm aber sehr gut gefallen, was ihn wohl dazu bewog, bei unserem nächsten Besuch in Sousse zu fragen, wann er denn wieder kommen könne. Doch keiner konnte wissen, dass wenige Wochen später dramatische Dinge passieren würden und Mohammed uns nie wieder besuchen könnte. Es begann alles am 14. Januar mit dem Aufstand gegen die Diktatur. Georg telefonierte mit Mohammed und erkundigte sich nach der Lage. Dieser meinte: „Ruft mich bitte vorerst nicht mehr an, ich sitze zu Hause und kann nicht mehr arbeiten. Das ist zu gefährlich, überall wird geschossen, aber wenn ich jetzt sterben muss, ist es auch egal, ich melde mich wieder bei euch." Eine Woche später rief Mohammed wirklich wieder an. Er meinte: „Die Lage hat sich etwas beruhigt, aber an Arbeiten ist überhaupt nicht zu denken."

Mohammed berichtete, dass er bereits vor einigen Wochen in einem besseren, stadtnahen Quartier eine Wohnung in Aussicht gehabt hätte. Er habe nur noch auf den Vermieter, der in Tunis wohnte, aber wegen der Unruhen nicht nach Sousse kommen konnte, gewartet. Diese Botschaft war für uns nicht völlig neu. Bei seinem Besuch in Bonn hatte er schon angedeutet, dass er aus Cité Riad weg möchte und außerdem sein Leben neu ausrichten wolle. So verabredete er mit Georg, dass wir ihm das nötige Geld schicken sollten für die erste Miete, Kaution und natürlich den Lebensunterhalt für die nächste Zeit, denn arbeiten war nicht möglich. So hing Mohammed erst einmal wieder bei uns am Tropf. Georg machte sich sofort auf zur Post und überwies eine größere Summe. Es kam auch eine telefonische Rückmeldung von Mohammed, dass er das Geld mit Mühe und Not bekommen hätte, weil die Banken fast alle ihre Zahlungen eingestellt hätten. Eigentlich freuten wir uns darauf, dass wir bei unserem nächsten Aufenthalt Mohammed in seiner neuen Umgebung besuchen könnten. Dieser Stadtteil war wirklich viel besser.

Abschied für immer

Eine weitere Woche später, Georg meinte: „Komisch, Mohammed hätte doch gestern anrufen müssen." „Dann ruf du doch an", sagte ich. „Habe ich schon versucht, es meldet sich niemand." Dann, am selben Tag in den Abendstunden, klingelte das Telefon. Am anderen Ende war Amor, der Schwager von Mohammed. Er spricht sehr gut Englisch und arbeitet normalerweise in England. Er berichtete uns, dass Mohammed am Abend vorher gegen 23 Uhr vor seinem Haus niedergestochen worden sei. Warum er trotz Ausgangssperre um diese Zeit noch einmal vor die Tür gegangen war, ist uns bis heute ein Rätsel. Vielleicht wollte er sich auch nur Zigaretten kaufen. Er ist von Hausbewohnern noch ins Krankenhaus gebracht worden und dort nach sechs Stunden genau vier Wochen vor seinem 40. Geburtstag verstorben. Obwohl uns die Familie gebeten hatte, an der Beisetzung teilzunehmen, war uns das nicht möglich. Es gab einfach keine Flüge. So setzten wir alles daran, fünf Wochen später einen Flug zu bekommen. Wir nahmen Kontakt zu seinem leiblichen Vater auf. Außerdem hatte sich Nasser bei uns gemeldet, zu dem ich eigentlich keinen Kontakt mehr hatte. In diesem Fall war das natürlich sehr hilfreich. Wir wollten unbedingt zum Friedhof und Mohammed dort besuchen. So verabredeten wir uns mit beiden im Zentrum und fuhren per Taxi zum Friedhof. Nun sind arabische Friedhöfe etwas anders gestaltet als unsere. Wer schon einmal dort war, weiß das. Es gibt nur wenige Wege, ansonsten alles etwas unübersichtlich. Trotzdem fanden wir sein Grab mithilfe des Vaters. Die Familie hatte dafür gesorgt, dass ein Betonsockel gegossen wurde. Die Steinplatte mit Namen und Daten war bestellt, aber noch nicht montiert. Mohammeds Vater erkundigte sich bei der Friedhofsverwaltung danach und erfuhr, dass die Platte fertig sei. Nasser und der Vater diskutierten jetzt über etwas, was ich nicht so richtig verstand. Schließlich meinte Nasser, ob es denn möglich sei, den Betonsockel mit Fliesen zu versehen, d. h., ob wir das bezahlen würden. „Ja, selbstverständlich“, sagte Georg, „das ist dann das Letzte, was ich noch für ihn tun kann.“ Die nötigen Arbeiten wurden an den Arbeiter der Verwaltung vergeben mit dem Hinweis, dass diese am nächsten Tag fertig sein müssten, da wir wieder abreisen wollten. Am nächsten Tag, am späten Nachmittag, trafen wir uns wieder am Grab. Und tatsächlich, der Hügel war gefliest und die Namensplatte war auch angebracht. Zuvor hatten wir drei rote Rosen gekauft und diese auf dem Grab niedergelegt. Schließlich kam ein für uns fremder Mann dazu. Offensichtlich handelte es sich um einen Vorbeter der Moschee, den der Vater bestellt hatte. Wir stellten uns im Halbkreis um das Grab, während der Mann anfing zu beten. Da standen also Christen und Muslims zusammen, beteten und trauerten. Es waren sehr bewegende und tränenreiche Momente.

Die Zeit danach

Wir fahren immer noch nach Tunesien, aber es ist nichts mehr so wie früher. Der schreckliche Tod Mohammeds beschäftigt uns immer noch in den Köpfen. Auf den Friedhof sind wir nicht mehr gegangen. Zuvor wurden wir zwei Mal vom Wachdienst, der dort patrouillierte, gefragt, ob wir Muslime seien.

Nachdem wir das natürlich mit Nein beantwortet hatten, forderte man uns auf, den Friedhof zu verlassen, sonst würde man die Polizei rufen. Für Andersgläubige sei der Zutritt verboten. Und das, obwohl wir in Begleitung von Einheimischen waren. Das war für uns frustrierend und nicht nachzuvollziehen. So haben wir Mohammed in unserem Haus eine kleine Gedenk-Ecke eingerichtet.

Nachruf

Ich widme dieses Buch unserem tunesischen Freund Mourad Ben Mabrouk, den ich hier Mohammed genannt habe. Er hat sich zu uns besonders hingezogen gefühlt, vielleicht, weil er von uns als Mensch geachtet und anerkannt wurde. In der eigenen Familie als Kind vom Vater geschlagen und sexuell missbraucht, von der Mutter mit keinerlei Liebe bedacht, musste er sich immer allein durchs Leben schlagen. Wir haben ihn aufgenommen und ihm Liebe und Zuneigung gegeben, haben versucht, ihn psychisch aufzubauen, und die Voraussetzungen geschaffen, damit er beruflich auf eigenen Füßen stehen konnte. Das ist uns auch bis zu einem gewissen Maße gelungen. Allerdings machten es ihm die politischen Verhältnisse immer wieder schwer.

Während ich noch an diesem Buch schrieb, begann in Tunesien die Revolution und der Diktator wurde hinweggefegt. Mourad hatte das erste Mal die Hoffnung, dass er in Zukunft allein für sich sorgen könne und nicht mehr auf unsere Hilfe angewiesen wäre.

In seinen letzten Grüßen zu Neujahr schrieb er:

Comme c'est bon de savoir qu'il quelque part quelqu'un sur qui compter, à tout moment de la vie.

Wie gut ist es zu wissen, dass es jemanden gibt, auf den man sich verlassen kann, in jedem Moment des Lebens.

Er war ein außergewöhnlicher, manchmal schwieriger Mensch. Vielleicht galt ihm deshalb unsere besondere Fürsorge, die ein Außenstehender nicht immer verstehen kann. Wir werden ihn nie vergessen.

Autor:
Dirk Meunier

Der Autor

Dirk Meunier wuchs in Norddeutschland auf. Nach seiner Berufsausbildung als Kaufmann landete er zuletzt in Köln, wo er heute noch lebt. Mit seinem Lebenspartner bereiste er alle fünf Kontinente und erlebte die unterschiedlichsten Kulturen und Mentalitäten von Indien bis Grönland. Während dieser Reisen lebten die beiden zehn Jahre lang überwiegend in Tunesien. Die aufregendsten Ereignisse hielt der Autor in seinen Aufzeichnungen „Mein Leben im Maghreb" fest.